名家经典文库。

刘半农作品精选

刘半农 著

云南出版集团
云南人民出版社

图书在版编目（CIP）数据

刘半农作品精选 / 刘半农著. -- 昆明：云南人民出版社，2019.7
ISBN 978-7-222-18458-9

Ⅰ.①刘… Ⅱ.①刘… Ⅲ.①中国文学—现代文学—作品综合集 Ⅳ.①I216.2

中国版本图书馆CIP数据核字（2019）第136360号

项目策划：杨　森
责任编辑：朱　颖
装帧设计：何洁薇
责任校对：范晓芬
责任印制：李寒东

刘半农作品精选
刘半农　著

出版	云南出版集团　云南人民出版社
发行	云南人民出版社
社址	昆明市环城西路609号
邮编	650034
网址	www.ynpph.con.cn
E-mail	ynrms@sina.com
开本	710mm×1000mm　1/16
印张	16
字数	230千
版次	2019年7月第1版第1次印刷
印刷	华睿林（天津）印刷有限公司
书号	ISBN 978-7-222-18458-9
定价	49.80元

如需购买图书、反馈意见，请与我社联系
总编室：0871-64109126　发行部：0871-64108507　审校部：0871-64164626　印制部：0871-64191534
版权所有　侵权必究　印装差错　负责调换

云南人民出版社微信公众号

前　言

　　20世纪的中国文坛名家辈出，他们借着"诗界革命""文学革命"的推动，从"五四新文学革命"前后发轫，以白话文学为主导，以思想启蒙为目标，奠定了至今一个多世纪的中国文学的主体形态。

　　在那样一个社会剧烈动荡、思想文化狂飙突进的年代，众多的文学名家展现出无与伦比、令人惊叹的才情。说到"才"，主要指他们创作中的才华。中国白话文学创作在发端后的短短几十年时间里，诗歌、小说、散文、杂文、戏剧，每一个文学领域都有突破，都有传之后世的经典作品出现，而每一个领域又都涌现出众多的代表性人物。说到"情"，文学前辈们对于国家、民族、民众的挚爱，对于乡土、亲人的眷恋，都通过他们笔下的文字传神地表达出来。"才"和"情"的历史际遇性的统一，是20世纪文学历史上一个突出的特点，也是我们得以继承的宝贵的文学遗产和思想财富。

　　我们从这众多的文坛名家里首选尤以才情著称的十七位，精选他们的代表性作品，编辑了"现代名家经典文库"。这十七位才情名家分别是戴望舒、胡也频、林徽因、刘半农、庐隐、鲁彦、柔石、石评梅、苏曼殊、闻一多、萧红、徐志摩、许地山、郁达夫、郑振铎、朱湘、朱自清。

　　选取他们，不仅因为他们的过人才华在文坛上的地位和影响，也因为他们每个人的经历和作品都充满了耐人寻味的"情"的因素，使我们久久品读而不能忘怀。但令人惋惜的是，他们中大多数人的生命之花刚刚绽放便过早地凋零了——石评梅逝世于1928年，时年26岁；胡也频逝世于1931年，时年28岁；柔石逝世于1931年，时年29岁；萧红逝世于1942年，时年31岁；徐志摩逝世于1931年，时年34岁……

在阅读他们作品的时候，我们不禁想到，如果他们的生命不是这样短暂，他们又会有多少经典的作品流传下来，又会给我们增添多少精神上的财富。

这套丛书只能说是20世纪中国文学史的一个小小的侧面和缩影，因为篇幅的限制，所选取的也只能是每位名家的少量代表性作品，难免挂一漏万，同时，在保留原作品风貌的基础上，我们按照通行标准对原作的部分文字和标点符号进行了修订和统一。

他们的生命虽然短暂，
但他们才华横溢、激情四射，
如历史夜空中一颗颗璀璨的流星；
那一个个令人久久不能忘记的名字，
让我们常常追忆那远去的才情年华……

编 者
2019年7月

目 录

刘半农简介 ………………………………………………… 1

诗 歌

卖萝卜人 …………………………………………………… 3
羊肉店 ……………………………………………………… 4
敲 冰 ……………………………………………………… 5
呜呼三月一十八 …………………………………………… 15
游香山纪事诗 ……………………………………………… 17
相隔一层纸 ………………………………………………… 20
题小蕙周岁日造像 ………………………………………… 21
丁巳除夕 …………………………………………………… 22
窗 纸 ……………………………………………………… 23
学徒苦 ……………………………………………………… 24
无 聊 ……………………………………………………… 26
晓 …………………………………………………………… 27
大 风 ……………………………………………………… 28
沸 热 ……………………………………………………… 29
老 牛 ……………………………………………………… 30
E 弦 ……………………………………………………… 31
桂 …………………………………………………………… 32
中 秋 ……………………………………………………… 33

铁　匠	34
拟装木脚者语	36
猫与狗	37
一个失路归来的小孩	38
三十初度	39
牧羊儿的悲哀	40
饿	42
稻子	46
夜	49
雨	51
爱它？害它？成功！	52
静	54
教我如何不想她	56
病中与病后	58
奶娘	59
一个小农家的暮	60
稻棚	62
回声	63
在一家印度饭店里	67
歌	69
山歌八首	70
母的心	72
耻辱的门	73
我们俩	78
巴黎的秋夜	79
卖乐谱	80
无　题	81

战败了归来	82
小诗三首	83
秋　风	84
两个失败的化学家	85
老木匠	87
诗　神	89
三十三岁了	90
柏　林	92
劫	93
巴黎的菜市上	94
我竟想不起来了	95
梦	97
在墨蓝的海洋深处	98
别再说	99
尽管是	101
熊	103
面包与盐	104
拟儿歌四首	106
拟拟曲二首	109
归程中得小诗五首	116
小诗五首（小病中作）	117
小诗三首	118
疯人的诗	119

散　文

反日救国的一条正路	129
三十五年过去了！	138

欧洲花园（译）	141
拜轮家书（译）	149
阿尔萨斯之重光（译）	154
马丹撒喇倍儿那	158
应用文之教授	168
辟《灵学丛志》	176
实利主义与职业教育	180
"作揖主义"	184
她字问题	189
打　雅	193
"好好先生"论	199
老实说了吧	201
为免除误会起见	204
"老实说了"的结束	207
诗与小说精神上之革新	212
复王敬轩书	223
随感录·七	239
答《对于〈新青年〉之意见种种》	242

刘半农简介

刘半农（1891~1934），名复，字半农，江苏江阴人。近现代著名文学家、语言学家和教育家。

清光绪十七年四月二十日（1891年5月27日）生于江苏省江阴县。1905年，14岁从翰墨林小学毕业,考取常州府中学堂，后退学。

1912年，前往上海，在《时事新报》和中华书局做编辑工作，业余在《小说月报》《时事新报》《中华小说界》和《礼拜六》周刊上发表译作和小说。

1917年夏，受聘担任北京大学预科国文教授。后参加《新青年》编辑工作。

1920年2月7日，携夫人、女儿赴英留学。

1921年6月，全家迁居法国，转入巴黎大学学习，获法国国家文学博士学位。

1925年回国，任北京大学教授。

刘半农著作甚丰，创作了《扬鞭集》《瓦釜集》《半农杂文》，编有《初期白话诗稿》，学术著作有《中国文法通论》《四声实验录》等，译著有《法国短篇小说集》《茶花女》等。其中《汉语字声实验录》荣获"康士坦丁语言学专奖"。

1934年在北京病逝。鲁迅曾在《青年界》上发表《忆刘半农君》一文表示悼念。

刘半农认为应表现自我的真情实感，只有将窒息性灵的古人作文的死格式推翻，新文学才能得到发展。他是歌谣运动的发起者和主持者，同时又是首批翻译外国散文诗的作家之一。

诗 歌

前言

卖萝卜人

一个卖萝卜人，——很穷苦的，住在一座破庙里。
一天，这破庙要标卖了，便来了个警察，说——
"你快搬走！这地方可不是你久住的。"
"是！是！"
他口中应着，心中却想——
"叫我搬到那里去！"
明天，警察又来，催他动身。
他瞠着眼看，低着头想，撒撒手，踏踏脚，却没说——
"我不搬。"
警察忽然发威，将他撵出门外。
又把他的灶也捣了，一只砂锅，碎作八九片！
他的破席，破被，和萝卜担，都撒在路上。
几个红萝卜，滚在沟里，变成了黑色！
路旁的孩子们，都停了游戏奔来。
他们也瞠着眼看，低着头想，撒撒手，踏踏脚，却不做声！
警察去了，一个七岁的孩子说，
"可怕……"
一个十岁的答道，
"我们要当心，别做卖萝卜的！"
七岁的孩子不懂：
他瞠着眼看，低着头想，却没撒手，没踏脚！

一九一八年

羊肉店

(拟儿歌)

羊肉店！羊肉香！
羊肉店里结着一只大绵羊，
吗吗！吗吗！吗吗！吗！……
苦苦恼恼叫两声！
低下头去看看地浪格血，
抬起头来望望铁钩浪！
羊肉店，羊肉香，
阿大阿二来买羊肚肠，
三个铜钱买仔半斤零八两，
回家去，你也夺，我也抢——
气坏仔阿大娘，打断仔阿大老子鸦片枪！
隔壁大娘来劝劝，贴上一根拐老杖！

一九一九年

敲 冰

零下八度的天气,
结着七十里路的坚冰,
阻碍着我愉快的归路。
水路不得通,
旱路也难走。
冰!
我真是奈何你不得!
我真是无可奈何!

无可奈何,
便与撑船的商量,
预备着气力,
预备着木槌,
来把这坚冰打破!
冰!
难道我与你,
有什么解不了的冤仇?
只是我要赶我的路,
便不得不打破了你,
待我打破了你,
便有我一条愉快的归路。

撑船的说"可以"!
我们便提起精神,
合力去做——
是合着我们五个人的力,
三人一班的轮流着,
对着那艰苦的,不易走的路上走!

有几处的冰,
多谢先走的人,
早已代替我们打破;
只剩着浮在水面上的冰块儿,
轧轧的在我们船底下锉过。
其余的大部分,
便须让我们做"先走的":
我们打了十槌八槌,
只走上一尺八寸的路。
但是,
打了十槌八槌,
终走上了一尺八寸的路!
我们何妨把我们痛苦的喘息声,
欢欢喜喜的,
改唱我们的《敲冰胜利歌》。

敲冰!敲冰!
敲一尺,进一尺!
敲一程,进一程!
懒怠者说:

"朋友,歇歇罢!
何苦来?"
请了!
你歇你的,
我们走我们的路!
怯弱者说:
"朋友,歇歇罢!
不要敲病了人,
刮破了船。"
多谢!
这是我们想到,却不愿顾到的!
缓进者说:
"朋友,
一样地走,何不等一等?
明天就有太阳了。"
假使一世没有太阳呢?
"那么,傻孩子!
听你们去罢!"
这就很感谢你。

敲冰!敲冰!
敲一尺,进一尺!
敲一程,进一程!
这个兄弟倦了么?——
便有那个休息着的兄弟来换他。
肚子饿了么?——
有黄米饭,

有青菜汤。

口渴了么?——

冰底下有无量的清水;

便是冰块,

也可以烹作我们的好茶。

木槌的柄敲断了么?

那不打紧,

船中拿出斧头来,

岸上的树枝多着。

敲冰! 敲冰

我们一切都完备,

一切不恐慌,

感谢我们的恩人自然界。

敲冰! 敲冰!

敲一尺,进一尺!

敲一程,进一程!

从正午敲起,

直敲到漆黑的深夜。

漆黑的深夜,

还是点着灯笼敲冰。

刺刺的北风,

吹动两岸的大树,

化作一片怒涛似的声响。

那便是威权么?

手掌麻木了,

皮也锉破了;

臂中的筋肉，
伸缩渐渐不自由了；
脚也站得酸痛了；
头上的汗，
涔涔的向冰冷的冰上滴，
背上的汗，
被冷风从袖管中钻进去，
吹得快要结成冰冷的冰；
那便是痛苦么？
天上的黑云，
偶然有些破缝，
露出一颗两颗的星，
闪闪缩缩，
像对着我们霎眼，
那便是希望么？
冬冬不绝的木槌声，
便是精神进行的鼓号么？
豁剌豁剌的冰块锉船声，
便是反抗者的冲锋队么？
是失败者最后的奋斗么？
旷野中的回声，
便是响应么？
这都无须管得；
而且正便是我们，
不许我们管得。

敲冰！敲冰！

敲一尺，进一尺！
敲一程，进一程！
冬冬的木槌，
在黑夜中不绝的敲着，
直敲到野犬的呼声渐渐稀了；
直敲到深树中的猫头鹰，
不唱他的《死的圣曲》了；
直敲到雄鸡醒了；
百鸟鸣了；
直敲到草原中，
已有了牧羊儿歌声；
直敲到屡经霜雪的枯草，
已能在熹微的晨光中，
表暴他困苦的颜色！
好了！
黑暗已死，
光明复活了！
我们怎样？
歇手罢？
哦！
前面还有二十五里路！
光明啊！
自然的光明，
普遍的光明啊！
我们应当感谢你，
照着我们清清楚楚的做。
但是，

我们还有我们的目的；
我们不应当见了你便住手，
应当借着你的力，
分外奋勉，
清清楚楚地做。

敲冰！敲冰！
敲一尺，进一尺！
敲一程，进一程！
黑夜继续着白昼，
黎明又继续着黑夜，
又是白昼了，
正午了，
正午又过去了！
时间啊！
你是我们唯一的，真实的资产。
我们倚靠着你，
切切实实，
清清楚楚地做，
便不是你的戕贼者。
你把多少分量分给了我们，
你的消损率是怎样，
我们为着宝贵你，
尊重你，
更不忍分出你的肢体的一部分来想他，
只是切切实实，
清清楚楚地做。

正午又过去了，
暮色又渐渐的来了，
然而是——
"好了！"
我们五个人，
一齐从胸臆中，
迸裂出来一声"好了！"
那冻云中半隐半现的太阳。
已被西方的山顶，
掩住了一半。
淡灰色的云影，
淡赭色的残阳，
混合起来，
恰恰是——
唉！
人都知道的——
是我们慈母的笑，
是她痛爱我们的苦笑！
她说：
"孩子！
你乏了！
可是你的目的已达了！
你且歇息歇息罢！"
于是我们举起我们的痛手，
挥去额上最后的一把冷汗；
且不知不觉的，
各各从胸臆中，

迸裂出来一声究竟的:
(是痛苦换来的)
"好了!"

"好了!"
我和四个撑船的,
同在灯光微薄的一张小桌上,
喝一杯黄酒,
是杯带着胡桃滋味的家乡酒。
人呢?——倦了。
船呢?——伤了。
木槌呢——断了又修,修了又断了。
但是七十里路的坚冰?
这且不说,
便是一杯带着胡桃滋味的家乡酒,
用沾着泥与汗与血的手,
擎到嘴边去喝,
请问人间:
是否人人都有喝到的福?
然而曾有几人喝到了?

"好了!"
无数的后来者,
你听见我们这样的呼唤么?
你若也走这一条路,
你若也走七十一里,
那一里的工作,

便是你们的。
你若说：
"等等罢！
也许还有人来替我们敲。"
或说：
"等等罢！
太阳的光力，
即刻就强了。"
那么，
你真是糊涂孩子！
你竟忘记了你！
你心中感谢我们的七十里么？
这却不必，
因为这是我们的事。
但是那一里，
却是你们的事。
你应当奉你的木槌为十字架，
你应当在你的血汗中受洗礼，
……
你应当喝一杯胡桃滋味的家乡酒，
你应当从你胸臆中，
迸裂出来一声究竟的"好了！"

一九二〇年

呜呼三月一十八

——敬献于死于是日者之灵

呜呼三月一十八,
北京杀人如乱麻!
民贼大试毒辣手,
半天黄尘翻血花!
晚来城郭啼寒鸦,
悲风带雪吹飓飓!
地流赤血成血洼!
死者血中躺,
伤者血中爬!
呜呼三月一十八,
北京杀人如乱麻!

呜呼三月一十八,
北京杀人如乱麻!
养官本是为卫国!
谁知化作豺与蛇!
高标廉价卖中华!
甘拜异种作爹妈!
愿枭其首籍其家!
死者今已矣,

生者肯放他？！
呜呼三月一十八！
北京杀人如乱麻！

游香山纪事诗

一

扬鞭出北门,心在香山麓。
朝阳浴马头,残露湿马足。

二

古刹门半天,微露金身佛。
颓唐一老僧,当窗缝破衲。
小僧手纸鸢,有线不盈尺。
远见行客来,笑向天空掷。

三

古墓傍小桥,桥上苔如洗。
牵马饮清流,人在清流底。

四

一曲横河水,风定波光静。
泛泛双白鹅,荡碎垂杨影。

五

场上积新刍,屋里藏新谷。
肥牛系场头,摇尾乳新犊。
两个碧蜻蜓,飞上牛儿角。

六

网畔一渔翁,闲取黄烟吸。
此时入网鱼,是笑还是泣?

七

白云如温絮,广覆香山巅,
横亘数十里,上接苍冥天。
今年秋风厉,棉价倍往年。
愿得漫天云,化作铺地棉。

八

晓日逞娇光,草黄露珠白,
晶莹千万点,黄金嵌钻石。
金钻诚足珍,人寿不盈百。
言念露易晞,爱此"天然饰"。

九

渔舟横小塘,渔父卖鱼去。
渔妇治晨炊,轻烟入疏树。

十

公差捕老农,牵人如牵狗。

老农喘且嘘,负病难行走。

公差勃然怒,叫嚣如虎吼。

农或稍停留,鞭打不绝手。

问农犯何罪,欠租才五斗。

一九一七年八月,江阴

相隔一层纸

屋子里拢着炉火,
老爷吩咐开窗买水果,
说"天气不冷火太热,
别任它烤坏了我。"
屋子外躺着一个叫花子,
咬紧了牙齿对着北风喊"要死"!
可怜屋外与屋里,
相隔只有一层薄纸!

一九一七年十月,北京

题小蕙周岁日造像

你饿了便啼，饱了便嬉，
倦了思眠，冷了索衣。
不饿不冷不思眠，我见你整日笑嘻嘻。
你也有心，只是无牵记；
你也有眼耳鼻舌，只未着色声香味；
你有你的小灵魂，不登天，也不堕地。
啊啊，我羡你，我羡你，
你是天地间的活神仙！
是自然界不加冕的皇帝！

一九一七年十月，北京

丁巳除夕

除夕是寻常事,做诗为什么?
不当它除夕,当作平常日子过。
这天我在绍兴县馆里,馆里大树颇多。
风来树动,声如大海生波。
静听风声,把长夜消磨。
主人周氏兄弟,与我谈天:
欲招缪撒(Musa之音译),欲造"蒲鞭"。
说今年已尽,这等事,待来年。
夜已深,辞别进城。
满街车马纷扰,
远远近近,多爆竹声。
此时谁最闲适?
地上只一个我,天上三五寒星。

窗　纸

天天早晨,一梦醒来,看见窗上的纸,被沙尘封着,雨水渍着,斑驳陆离,演出许多幻象:

看!这是落日余晖,映着一片平地,却没有人影。

这是两座金字塔,三五株棕榈,几个骑着骆驼,拿着矛子的。

不好!是满地的鲜血!是无数骷髅!是赤色的毒蛇!是金色的夜叉!

看!乱轰轰的是什么?——是拍卖场,正是万头攒动,人人想出廉价,收买他邻人的破产物。

错了!是只老虎,怒汹汹坐在树林里,想是饿了!

不是!是一蓬密密的髭须,衬着个托尔斯泰的面孔——好个慈善的面孔!

又错了!托尔斯泰已死,究竟是个老虎!

还不是的;是个美人——美极了。

看!美人为什么哭?眼泪太多了!看!一滴!两滴,一斛,两斛,竟是波浪滔滔,化作了洪水!

看!满地球是洪水!脑阿的方船也沉没了!水中还有妖怪,吞吃他尸首!

看!天边来了个明星!唉!是个彗星!

"朋友!不要再看了!快发疯了!"

"怎么处置它?"

"扯去旧的,换上新的。"

"换上新的,怕不久又变了旧的。"

学徒苦

学徒苦!
学徒进店,为学行贾;
主翁不授书算,但曰"孺子当习勤苦!"
朝命扫地开门,暮命卧地守户;
暇当执炊,兼锄园圃!
主妇有儿,曰"孺子为我抱抚。"
呱呱儿啼,主妇震怒,
拍案顿足,辱及学徒父母!
自晨至午,东买酒浆,西买青菜豆腐。
一日三餐,学徒侍食进脯。
客来奉茶;主翁倦时,命开烟铺!
复令前门应主顾,后门洗缶涤壶!
奔走终日,不敢言苦!
足底鞋穿,夜深含泪自补!
主妇复惜灯油,申申咒诅!

食则残羹不饱;夏则无衣,冬衣败絮!
腊月主人食糕,学徒操持臼杵!
夏日主人剖瓜盛凉,学徒灶下烧煮!
学徒虽无过,"塌头"(注:屈食指叩其脑)下如雨。

学徒病，叱曰"孺子贪惰，敢诳语！"

清清河流，鉴别发缕。
学徒淘米河边，照见面色如土！
学徒自念，"生我者，亦父母！"

一九一八年二月十八日，北京

无 聊

  阴沉沉的天气,里面一坐小院子里,杨花飞得满天,榆钱落得满地。外面那大院子里,却开着一棚紫藤花。花中有来来往往的蜜蜂,有飞鸣上下的小鸟,有个小铜铃,系在藤上。春风徐徐吹来,铜铃叮叮当当,响个不止。

  花要谢了;嫩紫色的花瓣,微风飘细雨似的,一阵阵落下。

一九一八年五月五日,北京

晓

火车——永远是这么快——向前飞进。

天色渐渐的亮了；不觉得长夜已过，只觉车中的灯，一点点的暗下来。

车窗外面：——

起初是昏沉沉一片黑，慢慢露出微光，露出鱼肚白的天，露出紫色，红色，金色的霞彩。

是天上疏疏密密的云？是地上的池沼？丘陵？草木？是流霞？辨别不出。

太阳的光线，一丝丝透出来，照见一片平原，罩着层白蒙蒙的薄雾。雾中隐隐约约，有几墩绿油油的矮树。雾顶上，托着些淡淡的远山。几处炊烟，在山坳里徐徐动荡。

这样的景色，是我生平第一次见到。

晓风轻轻吹来，很凉快，很清洁，叫我不甘心睡。

回看车中，大家东横西倒，鼾声呼呼，现出那干——

枯——黄——白——很可怜的脸色！

只有一个三岁的女孩，躺在我手臂上，笑弥弥的，两颊像苹果，映着朝阳。

一九一八年七月十日，沪宁车中

大 风

　　我去年秋季到京，觉得北方的大风，实在可怕，想做首大风诗，做了又改，改了又做，只是做不成功。直到今年秋季，大风又刮得厉害了，才写定这四十多个字。

　　一首小诗，竟是做了一年了！

　　　　呼拉！呼拉！
　　　　好大的风。
　　　　你年年是这样的刮，也有些疲倦么？
　　　　呼拉！呼拉！
　　　　便算是谁也不能抵抗你，你还有什么趣味呢？
　　　　呼拉！呼拉！……

沸 热

——国庆日晚间，在中央公园里

沸家不要坐的板凳；
多谢那高高的一轮冷月，
送给我们俩满身热的乐声。
转将我们的心情闹静了。
我们呆看着黑沉沉的古柏树下，
点着些黑黝黝的红纸灯。
多谢这一张人的树影。

老　牛

　　秧田岸上，有一只老牛戽水，一连戽了多天。酷热的太阳，直射在它背上。淋淋的汗，把它满身的毛，浸成毡也似的一片。它虽然极疲乏，却还不肯休息。树荫里坐着一只小狗，很凉快，很清闲，摇着它的小耳朵，用清脆的声音向牛说："笨牛！你天天的绕着圈子乱走，何尝向前一步？不要说你走得吃力，我看也看厌了！"牛说："我不管得我自己能不能向前，也管不得你看厌不看厌，只要我车下的水，平稳流动，浸润着我一片可爱的秧田。"狗说："到秧田成熟了，你早就跑死了！"牛说："这件事，我从来没有功夫想到……"

一九一八年

E 弦

提琴上的 G 弦,一天向 E 弦说:"小兄弟,你声音真好,真漂亮,真清,真高,可是我劝你要有些分寸儿,不要多噪。当心着,力量最单薄,最容易断的就是你!"E 弦说:"多谢老阿哥的忠告。但是,既然做了弦,就应该响亮,应该清高,应该不怕断。你说我容易断,世界上却也并没有永远不断的你!"

一九一九年八月,北京

这一首和前一首《老牛》,是预备登入每周评论第三十七期的,不幸这报出到三十六期就上了十字架了。后来适之把这两诗的校样送给我做个纪念,乃是已经断去的 E 弦了。

桂

半夜里起了暴风雷雨，
我从梦中惊醒，
便想到我那小院子里，
有一株正在开花的桂树。
它正开着金黄色的花，
我为它牵记得好苦。
但是辗转思量，
终于是没法儿处置。
明天起来，
雨还没住。
桂树随风摇头，
洒下一滴滴的冷雨。
院子里积了半尺高的水，
混和着墨黑的泥。
金黄的桂花，
便浮在这黑水上，
慢慢的向阴沟中流去。

一九一九年九月三日，北京

中 秋

中秋的月光，
被一层薄雾，
白蒙蒙的遮着。
暗而且冷的皇城根下，
一辆重车，
一头疲乏的骡，
慢慢的拉着。
落叶
秋风把树叶吹落在地上，
它只能悉悉索索，
发几阵悲凉的声响。
它不久就要化作泥；
但它留得一刻，
还要发一刻的声响，
虽然这已是无可奈何的声响了，
虽然这已是它最后的声响了。

一九一九年秋

铁 匠

叮当！叮当！
清脆的打铁声，
激动夜间沉默的空气。
小门里时时闪出红光，
愈显得外间黑漆漆地。

我从门前经过，
看见门里的铁匠。
叮当！叮当！
他锤子一下一上，
砧上的铁，
闪作血也似的光，
照见他额上淋淋的汗，
和他裸着的，宽阔的胸膛。

我走得远了，
还隐隐的听见
叮当！叮当！
朋友，
你该留心着这声音，
他永远的在沉沉的自然界中激荡。

你若回头过去,
还可以看见几点火花,
飞射在漆黑的地上。

一九一九年九月,北京

拟装木脚者语

　　欧战初完时,欧洲街市上的装木脚的,可就太多了。一天晚上,小客栈里的同居的,齐集在客堂中跳舞;不跳舞的只是我们几个不会的,和一位装木脚的先生。

　　　　灯光闪红了他们的欢笑的脸,
　　　　琴声催动了他们的跳舞的脚。
　　　　他们欢笑的忙,跳舞的忙,
　　　　把世界上最快乐的空气,
　　　　灌满了这小客店里的小客堂。
　　　　我呢?……
　　　　我还是多抽一两斗烟,
　　　　把我从前的欢乐思想;
　　　　我还是把我的木脚
　　　　在地板上点几下板,
　　　　便算是帮同了他们快乐,
　　　　便算是我自己也快乐了一场。

　　　　　　　　　　一九二〇年三月二十七日,伦敦

猫与狗

猫与狗相打。猫打败了,逃到了树顶上,呼呼的向下怒骂。狗追到树下,两脚抓爬着树根,向上不住的咆哮。

猫说:"你狠!我让你。到你咆哮死了,我下来吃你的肉。"

狗说:"你能上树,我抓不到你。到你在树上饿死了跌下来,我吃你的肉。"

一阵冷风吹来,树打了个寒噤,摇头叹气的说:"不幸的是我,我处于他们的永远的争持的中间了。但幸运的也是我,我可以可怜他们啊!到他们都死了,我冬天落下些叶子,遮盖他们的尸身;春天招些小鸟来,娱乐他们的灵魂。"

一九二〇年四月,伦敦

一个失路归来的小孩

（这是小蕙的事）

太阳蒸红了她的脸；
灰沙染黑了她的汗；
她的头发也吹乱了；
她呆呆的立在门口，出了神了。
她呆呆的立在门口，
叫了一声"爹"；
她举起两只墨黑的手，
说"我跌了一交筋头。"
"爹！妈！"
她忍住了眼泪，
却忍不住周身的筋肉，
飒飒的乱抖。
她说，"妈！
远咧！远咧！
那头！还要那头！"

一九二〇年五月十八日，伦敦

三十初度

三十岁,来的快!
三岁唱的歌,至今我还爱:
"亮摩拜,(注:犹言月之神;亮摩拜,谓拜月神,小儿语也。)
拜到来年好世界。
世界多!莫奈何!
三钱银子买只大雄鹅,
飞来飞去过江河。
江河过边(注:过边谓那边,或彼岸)姊妹多,
勿做生活就唱歌。"
我今什么都不说,
勿做生活就唱歌。

一九二〇年六月六日,伦敦

牧羊儿的悲哀

他在山顶上牧羊；
他抚摩着羊颈的柔毛，
说"鲜嫩的草，
你好好的吃吧！"

他看见山下一条小河，
急水拥着落花，
不住的流去。
他含着眼泪说：
"小宝贝，你上哪里去？"

老鹰在他头顶上说：
"好孩子！我要把戏给你看：
我来在天顶上打个大圈子！"

他远望山下的平原；
他看见礼拜堂的塔尖，
和礼拜堂前的许多墓碣；
他看见白雾里，
隐着许多人家。
天是大亮的了，
人呢？——早咧，早咧！

哇!
他回头过去,放声号哭:
"羊呢?我的羊呢?"
他眼光透出眼泪,
看见白雾中的人家;
看见静的塔尖,
冷的墓碣。
人呢?——早咧!
天是大亮的了!
他还看见许多野草,
开着金黄色的花。

一九二〇年六月七日,伦敦

饿

他饿了；他静悄悄的立在门口；他也不想什么，只是没精没采，把一个指头放在口中咬。

他看见门对面的荒场上，正聚集着许多小孩，唱歌的唱歌，捉迷藏的捉迷藏。

他想：我也何妨去？但是，我总觉得没有气力，我便坐在门槛上看看吧。

他眼看着地上的人影，渐渐的变长；他眼看着太阳的光，渐渐的变暗。"妈妈说的，这是太阳要回去睡觉了。"

他看见许多人家的烟囱，都在那里出烟；他看见天上一群群的黑鸦，咿咿呀呀的叫着，向远远的一座破塔上飞去。他说："你们都回去睡觉了么？你们都吃饱了晚饭了么？"

他远望着夕阳中的那座破塔，尖头上生长着几株小树，许多枯草。他想着人家告诉他：那座破塔里，有一条"斗大的头的蛇！"他说："哦！怕啊！"

他回进门去，看见他妈妈，正在屋后小园中洗衣服——是洗人家的衣服——一只脚摇着摇篮；摇篮里的小弟弟，却还不住的啼哭。他又恐怕他妈妈，向他垂着眼泪说，"大郎！你又来了！"他就一响也不响，重新跑了出来！

他爸爸是出去了的，他却不敢在空屋子里坐；他觉得黑沉沉的屋角里，闪动着一双睁圆的眼睛——不是别人的，恰恰是他爸爸的眼睛!

他一响也不响,重新跑了出来——仍旧是没精没采的,咬着一个小指头;仍旧是没精没采,在门槛上坐着。

他真饿了!——饿得他的呼吸,也不平均了;饿得他全身的筋肉,竦竦的发抖!可是他并不啼哭,只在他直光的大眼眶里,微微有些泪痕!因为他是有过经验的了!——他啼哭过好多次,却还总得要等,要等他爸爸买米回来!

他想爸爸真好啊!他天天买米给我们吃。但是一转身,他又想着了——他想着他爸爸,有一双睁圆的眼睛!

他想到每吃饭时,他吃了一半碗,想再添些,他爸爸便睁圆了眼睛说:"小孩子不知道'饱足',还要多吃!留些明天吃吃吧!"他妈妈总是垂着眼泪说,"你便少喝一'开'酒,让他多吃一口吧!再不然,便譬如是我——我多吃了一口!"他爸爸不说什么,却睁圆着一双眼睛!

他也不懂得爸爸的眼睛,为什么要睁圆着,他也不懂得妈妈的眼泪,为什么要垂下。但是,他就此不再吃了,他就悄悄的走开了!

他还常常想着他姑妈——"啊!——好久了!妈妈说,是三年了!"三年前,他姑母来时,带来两条咸鱼,一方咸肉。他姑母不久就去了,他却天天想着她。他还记得有一条咸鱼,挂在窗口,直挂到过年!

他常常问他的妈妈,"姑母呢!我的好姑母,为什么不来?"他妈妈说,"她住得远咧——有五十里路,走要走一天!"

是呀,他天天是同样的想——他想着他妈妈,想着他爸爸,想着他摇篮里的弟弟,想着他姑母。他还想着那破塔中的一条蛇，他说："它的头有斗一样大，不知道他两只眼睛，有多少大？"

他咬着指头，想着想着，直想到天黑。他心中想的，是天天一样，他眼中看见的，也是天天一样。

他又听见一声听惯的"哇……乌……"，他又看见那卖豆腐花的，把担子歇在对面的荒场上。孩子们都不游戏了，都围起那担子来，捧着小碗吃。

他也问过妈妈，"我们为什么不吃豆腐花？"妈妈说，"他们是吃了就不再吃晚饭的了！"他想，他们真可怜啊！

只吃那一小碗东西，不饿的么？但是他很奇怪，他们为什么不饿？同时担子上的小火炉，煎着酱油，把香风一阵阵送来，叫他分外的饿了！

天渐渐的暗了，他又看见五个看惯的木匠，依旧是背着斧头锯子，抽着黄烟走过。那个年纪最大的——他知道他名叫"老娘舅"——依旧是喝得满面通红，一跛一跛的走；一只手里，还提着半瓶黄酒。

他看着看着，直看到远处的破塔，已渐渐的看不见了；那荒场上的豆腐花担子，也挑着走了。他于是和天天一样，看见那边街头上，来了四个兵，都穿着红边马褂：

两个拿着军棍，两个打着灯。后面是一个骑马的兵官，戴着圆圆的眼镜。

荒场上的小孩，远远的看见兵来，都说"夜了"！一下子就不见了！街头躺着一只黑狗，却跳了起来，紧跟着兵官的马脚，汪汪的嗥！

他也说，"夜了夜了！爸爸还不回来，我可要进去了！"他正要掩门，又看见一个女人，手里提着几条鱼，从他面前走过。他掩上了门,在微光中摸索着说,"这是什么人家的小孩的姑母啊!"

一九二〇年六月二十日,伦敦

稿 子

你这样说也很好！
再会吧！再会吧！
我这稿子竟老老实实的不卖了！
我还是收回我几张的破纸！
再会吧！
你便笑弥弥的抽你的雪茄；
我也要笑弥弥的安享我自由的饿死！
再会吧！
你还是尽力的"辅助文明"，"嘉惠士林"罢！
好！
什么都好！
我却要告罪，
我不能把我的脑血，
做你汽车里的燃料！

岑寂的黄昏，
岑寂的长街上，
下着好大的雨啊！
冷水从我帽檐上，
往下直浇！
泥浆钻入了破皮鞋，
吱吱吱吱的叫！

衣服也都湿透了，
冷酷的电光，
还不住的闪着；
轰轰的雷声，
还不住的闹着。
好！
听你们吧，
我全不问了！
我很欢喜，
我胸膈中吐出来的东西，
还逼近着我胸膛，
好好的藏着。

近了！
近了我亲爱的家庭了，
我的妻是病着，
我出门时向她说，
明天一定可以请医生的了！
我的孩子，
一定在窗口望着。
是——
我已看清了他的小脸，
白白的映在玻璃后；
他的小鼻，
紧紧的压在玻璃上！
可怜啊！
他想吃一个煮鸡蛋，

我答应了他，
已经一礼拜了！

一盏雨点打花的路灯，
淡淡的照着我的门。
门里面是暗着，
最后一寸的蜡烛，
昨天晚上点完了！

　　　　　一九二〇年六月二十三日，伦敦

夜

坐在公共汽车顶上,从伦敦西城归南郊。

白蒙蒙的月光,
懒洋洋的照着。
海特公园里的树,
有的是头儿垂着,
有的是头儿齐着,
可都已沉沉的睡着。
空气是静到怎似的,
可有很冷峻的风,
逆着我呼呼的吹着。

海般的市声,
一些儿一些儿的沉寂了;
星般的灯火,
一盏儿一盏儿的熄灭了;
这大的伦敦,
只剩着些黑蠢蠢的房屋了。
我把头颈紧紧的缩在衣领里,
独自占了个车顶,
任他去颤着摇着。
贼般狡狯的冷露啊!

你偷偷的将我的衣裳湿透了!
但这伟大的夜的美,
也被我偷偷的享受了!

一九二〇年七月,伦敦

雨

这全是小蕙的话,我不过替她做个速记,替她连串一下便了。

一九二〇年八月六日,伦敦

妈!我今天要睡了——要靠着我的妈早些睡了。听!后面草地上,更没有半点声音;是我的小朋友们,都靠着他们的妈早些去睡了。

听!后面草地上,更没有半点声音;只是墨也似的黑!只是墨也似的黑!怕啊!野狗野猫在远远地叫,可不要来啊!只是那叮叮咚咚的雨,为什么还在那里叮叮咚咚的响?

妈!我要睡了!那不怕野狗野猫的雨,还在墨黑的草地上,叮叮咚咚的响。它为什么不回去呢?它为什么不靠着它的妈,早些睡呢?

妈!你为什么笑?你说它没有家么?——昨天不下雨的时候,草地上全是月光,它到哪里去了呢?你说它没有妈么?——不是你前天说,天上的黑云,便是它的妈么?

妈!我要睡了!你就关上了窗,不要让雨来打湿了我们的床。你就把我的小雨衣借给雨,不要让雨打湿了雨的衣裳。

爱它?害它?成功!

一株小小的松,
一株小小的柏:
看它能力何等的薄弱!
只是几根柔嫩的枝,
几片稀松的叶。
你若是要害它,
只须是一砍,便可把它一齐都砍了;
或是你要砍哪一株,便把哪一株砍去了。

可是你扎花匠说:
你不害它,你爱它。
你爱了它三年,
把柏树扎成了一条龙,松树扎成了一只凤。
你说,你成功了;
人家也说,你成功了!
我却要伤心:
我已看不见了那天然的松,天然的柏。
有人说:你是真心的爱它。
有人说:你是为着要卖它,所以这样的害它。
但是,这有什么区别?
我只须看着了那柏做的龙,松做的凤,

我便要伤心；
我便永远牢记着：
你是这样的成功了，
人家也就此称许你成功了！

我这首诗，是看了英国T.L.Peacock（1785～1866）所做的一首《The Oak and the Beech》做的。我的第一节，几乎完全是抄他；不过入后的用意不同，似乎有些"反其意而为之"（他的用意也很好）。所以我应当把他的原诗，附录在下面：

For the tender beech and the sapling oak,
That grow by the shadowy rill,
You may cut down both at a single stroke,
You may cut down which you will.
But this you must know,that as long as they grow,
Whats oever change may be,
You can never teach either oak or beech
To beaught but agreen wood tree.

一九二〇年八月十一日，伦敦

静

  心底里迸裂出来的声音，在小屋中激荡了一回，也就静了。
  静了！鼠眼在冷梁上悄悄的闪，石油在小灯里慢慢的燃。
  他俩也不觉得眼睛红，他俩早陪了十多天的夜了。他俩已经麻木，不再觉得两边肋胁下一丝丝的着痛了。
  沉寂的午夜，还是昨天午夜般的沉寂。
  只更静，静的听得见屋顶里落下来的尘埃灰屑。
  他忽然爆发似的说："'黄叶不落青叶落！'去年先去了他的妻，今年他也去了。要去的去不了，不能去的可去了！"
  她不响。灯光在她老眼中，金花似的舞；她眼前是黑雾般的一片模糊。
  她对着床上躺着的看！看！看……她想：他真的去了么？不还在屋中？耳朵里不分明还是他的呻吟？他的呼痛？……
  他身上盖的被，怎？……不还是浪纹般的颤动？……
  她回想到三十年前，这拳大的一个血泡儿，她怎样的捧！是！只是三十年，很近！他两点漆黑的小眼，她还记得很清。
  静！什么地方的野狗，一声——两声——……鸟醒了，灯淡了，纸窗上的黎明，又幽幽的来了。
  "怎么好？……只是二十多天的病，真的是梦也没做到！"
  "他呢，完了！我们呢，也快了！只还留下个小的，不也就完了！"

静！纸窗上的黎明，幽幽淡淡的黎明……

乌沉沉的晨风，昨天般的吹来。近地处几片纸灰，打了个小旋儿，便轻轻的飘散。

小巷中卖菜的声音，随着血红的朝阳，把睡着的一齐催醒。

破絮中的小的，也翻了个身，张开眼睛问："公！婆！爸爸的病，想是轻了；他已不像昨天般的呻吟了！"

"……"

白发，白须，人面，纸灰，一般的白。阶前慢慢的走着日影，颊上慢慢的流着泪珠，一般的静，静……

一九二〇年八月十六日，伦敦

教我如何不想她

天上飘着些微云，
地上吹着些微风。
啊！
微风吹动了我头发，
教我如何不想她？

月光恋爱着海洋，
海洋恋爱着月光。
啊！
这般蜜也似的银夜，
教我如何不想她？

水面落花慢慢流，
水底鱼儿慢慢游。
啊！
燕子你说些什么话？
教我如何不想她？

枯树在冷风里摇，
野火在暮色中烧。
啊！

西天还有些儿残霞,

教我如何不想她?

一九二〇年九月四日,伦敦

病中与病后

害了病昏昏的躺着。求你让我静些吧！可是谁也不听我的话：那纷杂的市声，还只顾一阵阵的飘来！

飘来了也就听听吧：唉！这也是听过的，那也是听过的，算了吧！世界本是这么的一出戏：把许多讨厌的老调堆积起来了，就算是宝贵的人生了！

病好了出门，什么东西都已久违了，什么东西都是新鲜的。送牛奶的小孩对我点了个头，侧眼看着我瘦白的脸，也充满了人间的爱。一阵冷风吹来，几乎把我吹倒，我但觉它带来了无限的新兴趣，没有什么对我不起。唉！

人生啊！这便是人生的真际，这以外还有什么人生呢！

一九二一年一月，伦敦

奶 娘

我呜呜的唱着歌，
轻轻的拍着孩子睡。
孩子不要睡，
我可要睡了！
孩子还是哭，
我可不能哭。

我呜呜的唱着，
轻轻的拍着；
也不知道是什么时候了，
孩子才勉强的睡着，
我也才勉强的睡着。

我睡着了
还在呜呜的唱，
还在轻轻的拍；
我梦里看见拍着我自己的孩子，
他热温温的在我胸口儿睡着……
"啊啦！"孩子又醒了，
我，我的梦，也就醒了。

一九二一年一月十九日，伦敦

一个小农家的暮

她在灶下煮饭,
新砍的山柴,
必必剥剥的响。
灶门里嫣红的火光,
闪着她嫣红的脸,
闪红了她青布的衣裳。

他衔着个十年的烟斗,
慢慢的从田里回来;
屋角里挂去了锄头,
硬坐在稻床上,
调弄着只亲人的狗。

他还踱到栏里去,
看一看他的牛,
回头向她说:
"怎样了——
我们新酿的酒?"

门对面青山的顶上,
松树的尖头,
已露出了半轮的月亮。

孩子们在场上看着月，
还数着天上的星：
"一，二，三，四……"
"五，八，六，两……"

他们数，他们唱：
"地上人多心不平，
天上星多月不亮。"

一九二一年二月七日，伦敦

稻 棚

记得八九岁时，曾在稻棚中住过一夜。这情景是不能再得的了，所以把它追记下来。

一九二一年二月八日，伦敦

凉爽的席，
松软的草，
铺成张小小的床；
棚角里碎碎屑屑的，
透进些银白的月亮光。

一片唧唧的秋虫声，
一片甜蜜蜜的新稻香——
这美妙的浪，
把我的幼稚的梦托着翻着……
直翻到天上的天上！……

回来停在草叶上，
看那晶晶的露珠，
何等的轻！
何等的亮！……

回　声

一

他看着白羊在嫩绿的草上，
慢慢的吃着走着。
他在一座黑压压的
树林的边头，
懒懒的坐着。
微风吹动了树上的宿雨，
冷冰冰的向他头上滴着。

他和着羊颈上的铃声，
低低的唱着。
他拿着枝短笛，
应着潺潺的流水声，
呜呜的吹着。

他唱着，吹着，
悠悠的想着；
他微微的叹息；
他火热的泪，
默默的流着。

二

该有吻般甜的蜜？
该有蜜般甜的吻？
有的？……
在哪里？……

"那里的海"，
无量数的波棱，
纵着，横着，
铺着，叠着，
翻着，滚着，……
我在这一个波棱中，
她又在哪里？……

也似乎看见她，
玫瑰般的唇，
白玉般的体，……
只是眼光太钝了，
没看出面目来，
她便周身浴着耻辱的泪，
默默的埋入那
黑压压的树林里！

黑压压的树林，
我真看不透你，
我真已看透了你！

我不要你在大风中
向我说什么；
我也很柔弱，
不能钩鳄鱼的腮，
不能穿鳄鱼的鼻，
不能叫它哀求我，
不能叫它谄媚我；
我只是问，
她在哪里？
"哪里？"回声这么说。

"唉！小溪里的水，
你盈盈的媚眼给谁看？
无聊的草，你怎年年的
替坟墓做衣裳？"

去吧？——住着！——
住着？——去吧！——

这边是座旧坟，
下面是死人化成的白骨；
那边是座新坟，
下面是将化白骨的死人。
你！——你又怎么？
"你又怎么？"——回声这么说。

三

他火热的泪，
默默的流着；
他微微的叹息；
他悠悠的想着；
他还吹着，唱着：
他还拿着枝短笛，
应着潺潺的流水声，
呜呜的吹着；
他还和着羊颈上的铃声，
低低的唱着。

微风吹动了树上的宿雨，
冷冰冰的向他头上滴着；
他还在这一座黑压压的
树林的边头，
懒懒的坐着。
他还充满着愿望，
看着白羊在嫩绿的草上，
慢慢的吃着走着。

一九二一年二月十日，伦敦

在一家印度饭店里

一

这是我们今天吃的食,这是佛祖当年乞的食。

这是什么?是牛油炒成的棕色饭。

这是什么?是芥厘拌着的薯和菜。

这是什么?是"陀勒",是大豆做成的,是印度的国食。

这是什么?是蜜甜的"伽勒毗",是莲花般白的乳油,是真实的印度味。

这雪白的是盐,这袈裟般黄的是胡椒,这口罗毗般的红的是辣椒末。

这瓦罐里的是水,牟尼般亮,"空"般的清,"无"般的洁。这是太晤士中的水,但仍是恒伽河中的水?!

二

一个朋友向我说:你到此间来,你看见——印度的一线。

是。——那一线赭黄的,是印度的温暖的日光;那一线茶绿的,是印度的清凉的夜月。

多谢你!——你把我去年的印象,又搬到了今天的心上。

那绿沉沉的是你的榕树阴,我曾走倦了在它的下面休息过;那金光闪闪的是你的静海,我曾在它胸膛上立过,坐过,闲闲的躺过,低低的唱过,悠悠的想过;那白蒙蒙的是你亚当峰头的雾,我曾天没亮就起来,带着模模糊糊的晓梦赏玩过。

那冷而温润的,是你摩利迦东陀中的佛地:它从我火热的脚底,一些些的直清凉到我心地里。

多谢你,你给我这些个;但我不知道——你平原上的野草花,可还是自在的红着?你的船歌,你村姑牧子们唱的歌(是你美神的魂,是你自然的子),可还在村树的中间,清流的底里,回响着些自在的欢愉,自在的痛楚?

那草乱萤飞的黑夜,苦般口罗又怎样的走进你的园?怎样的舞动它的舌?

朋友,为着我们是朋友,请你告诉我这些个。

一九二一年三月十日,伦敦

歌

没有不爱美丽的花,
没有不爱唱歌的鸟,
没有一个孩子不爱哭,
没有一个孩子不爱笑。

没有没眼泪的哭,
没有不快活的笑:
你的哭同于我的哭,
你的笑同于我的笑。

哭我们的孩子哭,
笑我们的孩子笑!
生命的行程在哪里?——
听我们的哭!
听我们的笑!

一九二一年三月二十三日,伦敦

山歌八首

（用江阴方言）

一

郎想姐来姐想郎，
同勒浪一片场浪乘风凉。
姐肚里勿晓的郎来郎肚里也勿晓的姐，
同看仔一个油火虫虫飘飘漾漾过池塘。

二

姐园里一朵蔷薇开出墙，
我看见仔蔷薇也和看见姐一样。
我说姐儿你勿送我蔷薇也送个刺把我，
戮破仔我手末你十指尖尖替我绑一绑。

三

劈风劈雨打熄仔我格灯笼火，
我走过你门头躲一躲。
我也勿想你放脱仔棉条来开我，
只要看看你门缝里格灯光听你唱唱歌。

四

你叫王三妹来我叫张二郎，
你住勒村底里来我住勒村头浪。

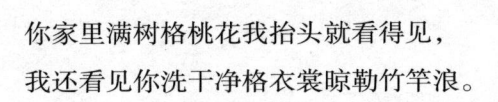

你家里满树格桃花我抬头就看得见,
我还看见你洗干净格衣裳晾勒竹竿浪。

五

你联竿郲郲乙是郲格我?
我看你杀毒毒格太阳里打麦打的好罪过。
到仔几时一日我能够来代替你打,
你就坐勒树阴底下扎扎鞋底唱唱歌。

六

五六月里天气热旺旺,
忙完仔勺麦又是莳秧忙,
我莳秧勺麦哦不你送饭送汤苦,
你田岸浪一代一代跑跑得脚底乙烫?

七

你乙看见水里格游鱼对挨着对?
你乙看见你头上格杨柳头并着头?
你乙看见你水里格影子孤零零?
你乙看见水浪圈圈一晃一晃晃成两个人?

八

小小里横河一条带,
河过边小小里青山一字排。
我牛背上清清楚楚看见山坳里,
竹篱笆里就是她家格小屋两三间。

母的心

他要我整天的抱着他；
他调着笑着跳着，
还要我不住的跑着。
唉，怎么好？
我可当真的疲劳了！……
想到那天他病着：
火热的身体，
水澄澄的眼睛，
怎样的调他弄他，
他只是昏迷迷的躺着，——
哦！来不得，那真要
战栗冷了我的心；
便加上十倍的疲劳，
你可不能再病了。

一九二一年七月三日，巴黎

耻辱的门

……生命中挣扎得最痛苦的一秒钟,
现在已安然的过去了!
过一刻——正恰恰是这一刻——
我已决定出门卖娼了!

自然的颜色,
从此可以捐除了;
榴火般红的脂,
粉壁般白的粉,
从此做了我谋生的工具了。

这亦许是值得纪念的一天,
唉!……
但是算了吧,
我又不是做人家没做过的事,
算了吧,就是这么吧!

预料今后的你和我,
已处于相异的世界了!——
你可以玩弄我;
你,原是这个你,可以辱骂我。
你可以用金钱买我的爱(无论这爱是真的,

是假的，却总得给你买些去），
而你转背就可以骂我是下流、骂我是堕落！
我呢？我除吞声承受外，
那空气，你的上帝所造的空气，
还肯替我的呻吟，
颤动出一半个低微的声浪么？

你转动着黄莺般灵妙的嘴与舌，
说人格，说道德，
说什么，说什么，……
唉！不待你说我就知道了；
而且我的宝贵它，
又何必不如你？
但饥饿总不是儿戏的事，
而人生的归结，
也总不是简单的饿死吧！

亦许多承你能原谅我。
我不敢说你的原谅是假意的；
但是唉！不免枉受了盛情了，——
我能把我最后挣扎的痛苦，
使你同样的感到一分么？
我承认你——
你的玩弄，侮辱，与原谅，
都是，而且永远是不错的，
因为你是个幸运者！
但是，也能留得一条我走的路么？——

唉！这也只是不幸运者的空想吧！
到我幸运像你时，
亦许我也就同你一样了！

多余的话太多了！
再见吧！
从此出了这一世，
走入别一世：
钻进耻辱的门，
找条生存的路！……

贼！时间是记忆的贼！
可是过去的事也总得忘记了！
再见吧，从此告别今天的我：
我此后不再记忆你，
不再认识你；
因为我既然要活着，
怎能容得你这死鬼的魂，
做我钻心的痛刺呢？……

后　序

　　这首诗，我想做了已有一年了。曾经起过几次头，但总是写了几句，随即抛去。直到昨天，才能一气写成。今天再修改了一下，便算暂时写定。

　　我在本国，曾经看见过上海和北京的许多公娼或私娼。到伦敦，又看见辟卡迪里一带满街的私娼（即是诗

中所说粉同墙壁一样白,脂同榴火一样红的)。有人告诉我:这是大战的成绩;战前的伦敦,虽然也有私娼,可绝决没有这样盛。最近到巴黎,耳目所及,竟令我无从更说娼字,因为那虽然有职业,而所得不足以维持生活,必须依靠别种收入的女人太多了。这些都是促我做成这诗的原动力。

我知道世间亦有乐意为娼的人,即如我听人说过的某郡主是。但这只是例外而已。即退步到极点,认此等人为例内,而以其余者为例外,则此种之例外,为数既多,也就不得不加以注意了。

有眼睛的,可以看得出我的话,不是"女本良家子,不幸堕落风尘"一类的话。但若说我的意思是"如得其情,则哀矜而勿喜,也不免是同样的错误。因为我们一干人等,只是幸而不卖娼。若到我们不幸而卖娼时,我们能承认,能容许有什么人配得上哀矜我们么?"

有眼睛的,当然也可以看得出我并不是说无可奈何,即卖娼亦未尝不可。但除此之外,还有什么方法?这就是我自己不能回答的一句话。

还有一层,我们若是严格的自己裁判,我们曾否因为恐怕饿死,做过,或将要去做,或几乎要打主意去做那卖娼一类的事(那是很多很多的!)?做成与不做成,够不上算区别:因为即使不做成,就一方面说,社会能使得我们有发生这种想念的可能,我们对于社会,就不免大大的失望;就另一方面说,我们能有得此等想念,便可以使我们对于自己大大的失望,终而至于战栗。而况我们所以能不做成,无论其出于自身裁制或社会裁制,其最后的救济,终还是幸运,因为我们至今还没有饿死。古怪的是我们只会张口说别人,而且尤其会说对着我们不能回得一声口的人。对于自身,却可以今天吃饱了抹抹胡子说声"无可奈何",明天吃饱了剔剔牙齿说声"事非得已"……有一部"原谅大辞典"尽够给我们用!这是人世间何等残忍可耻的事啊!

一九二一年七月十六日,巴黎

我们俩

好凄冷的风雨啊!
我们俩紧紧的肩并着肩,手携着手,
向着前面的"不可知",不住的冲走。
可怜我们全身都已湿透了,
而且冰也似的冷了,
不冷的只是相并的肩,相携的手了。

一九二一年八月十二日,巴黎

巴黎的秋夜

井般的天井：
看老了那阴森森的四座墙，
不容易见到一丝的天日。
什么都静了，
什么都昏了，
只飒飒的微风，
打玩着地上的一张落叶。

一九二一年八月二十日，巴黎

卖乐谱

巴黎道上卖乐谱,一老龙钟八十许。
额襞丝丝刻苦辛,白须点滴湿泪雨。
喉枯气呃欲有言,哑哑格格不成语。
高持乐谱向行人,行人纷忙自来去。
我思巴黎十万知音人,谁将此老声音传入谱?

一九二一年九月五日,巴黎

无 题

我的心窝和你的,
天与海般密切着;
我的心弦和你的,
风与水般协和着。
啊!……
血般的花,花般的火,
听它吧!
把我的灵魂和你的,
给它烧做了飞灰飞化吧!

一九二一年九月十日,巴黎

战败了归来

在街市中看见一幅刻铜画，题目叫《战败者》，画中有一个衣衫褴褛的兵，坐在破屋旁一块石上，两手捧头，作悲思状。我极爱这画，可又因价钱太大，不能购买，只得天天走这时，向它请安而已。过了许久，这画想已卖去，我连请安的机会也没有了，心中可还是梗梗不忘；结果便写成了一首小诗，聊以自慰。

一九二一年九月十五日，巴黎

战败了归来，
满身的血和泥，
满胸腔的悲哀与羞辱。
家乡的景物都已完全改变了，
一班亲爱的人们都已不见了。
据说是爱我的妻，
也已做了人家的爱人了！

冷风吹着我的面，
枯手抚摩着我的瘢，
捧着头儿想着又想着，
这是做了什么个大梦呢？——
一班亲爱的人们都已不见了，
据说是爱我的妻，
也已做了人家的爱人了！

小诗三首

一

许多的琴弦拉断了,
许多的歌喉唱破了,——
我听着了些美的音了么?
唉!我的灵魂太苦了!

一九二一年九月十六日,巴黎

二

酷虐的冻与饿,
如今挨到了我了;
但这原是人世间有的事,
许多的人们冻死饿死了。

一九二一年九月十七日,巴黎

三

眼泪啊!
你也本是有限的;
但因我已没有以外的东西了,
你便许我消费一些吧!

一九二一年九月十九日,巴黎

秋 风

秋风一何凉!
秋风吹我衣,秋风吹我裳。
秋风吹游子,秋风吹故乡。

一九二一年九月二十日,巴黎

两个失败的化学家

我相识中,有两个失败的化学者,一姓某,一姓某。他们一生的经过,大致是相同的。一天晚上,我忽然想到,就做成了这首诗。

他们为了买仪器,
卖完了几亩的薄田。
他们为了买药品,
拖上了一身的重债。
这样已是二十多年了,
他们眼看得自己的胡子,
渐渐的花白了。

他们没听见妻儿的诅咒,
他们没听见亲友的讥嘲。
他们还整天的瓶儿管儿忙,
可是伤心啊!
他们的胡子渐渐的花白了。
他们的胡子渐渐的花白了,
他们的眼睛也渐渐的模糊了。
他们理想中的成功呢?
许只是老泪汍澜中的一句空话了。
他们都已失败了。

愚人啊！
谁愿意滴出一点的泪，
表你这愚人的悲哀？
但我是个愚人的赞颂者，
我愿你化做了青年再来啊！

一九二一年九月二十三日，巴黎

老木匠

我家住在楼上，
楼下住着一个老木匠。
他的胡子花白了，
他整天的弯着腰，
他整天的叮叮当当敲。

他整天的咬着个烟斗，
他整天的戴着顶旧草帽。
他说他忙啊！
他敲成了许多桌子和椅子。
他已送给了我一张小桌子，
明天还要送我一张小椅子。

我的小柜儿坏了，
他给我修好了；
我的泥人又坏了，
他说他不能修，
他对我笑笑。

他叮叮当当的敲着，
我坐在地上，
也拾些木片儿的的搭搭的敲着。
我们都不做声，

有时候大家笑。

他说"孩子——你好!"
我说"木匠——你好!"
我们都笑了,
门口一个邻人,
(他是木匠的朋友,
他有一只狗的,)
也哈哈的笑了。

他的咖啡煮好了,
他给了我一小杯,
我说"多谢",
他又给我一小片的面包。

他敲着烟斗向我说
"孩子——你好。
我喜欢的是孩子。"
我说"要是孩子好,
怎么你家没有呢?"
他说"唉!
从前是有的,
现在可是没有了。"
他说了他就哭,
他抱了我亲了一个嘴;
我也不知怎么的,
我也就哭了。

一九二一年十月一日,巴黎

诗 神

诗神！
你也许我做个诗人么？
你用什么写你的诗？
用我的血，
用我的泪。
写在什么上面呢？
写在嫣红的花上面，
早已是春残花落了。
写在银光的月上面，
早已是乌啼月落了。
写在水上面，
水自悠悠的流去了。
写在云上面，
云自悠悠的浮去了。
那么用我的泪，写在我的泪珠上；
用我的血，写在我的血球上。
哦！小子，
诗人之门给你敲开了，
诗人之冢许你长眠了。

一九二二年八月

三十三岁了

三十三岁了，
二十年前的小朋友没有几个了，
十年前的朋友也大都分散了，
现在的朋友虽然有几个，
可是能于相知的太少了！

三十三岁了，
二十年前不能读什么书，
十年前不能读好书，
现在能于读得了，
可常被不眠症缠绕着，
读得实在太少了！

三十三岁了，
二十年前的稚趣没有了，
十年前的热情渐渐的消冷了，
现在虽还有前进的精神，
可没有从前的天真烂漫了！

三十三岁了，
回想到二十年前对于现在的梦想，
回想到十年前对于现在的梦想，

若然现在不是做梦么?
那就只有平凡的前进,
不必再有什么梦想了!

一九二三年四月,巴黎

柏 林

大战过去了，
我看见的是不出烟的烟囱，
我看见的是赤脚的孩儿满街走！

去年到德国去，火车开进德境，满眼都是烟囱，可以看出当初工业之盛；但现在是十个里九个没有烟了。到柏林，看见无数的赤脚小孩。这分明是买不起鞋子（因为战前不这样），但是做父母的说：这样很合卫生，医生也说：这样很合卫生！

在柏林住了三个多月，昏沉烦闷，没有什么可写，只这一些，是初到时脑中得到的一个最新鲜的印象，也是离德以后，脑中还刻得最深的一个印象，所以现在过了近一年，还把它补记出来。虽只二十九个字，我却以为可以抵得一篇游记了。

一九二三年六月二日，巴黎

劫

　　街旁边什么人家的顽皮孩子，将几朵不知名的，白色的鲜花扯碎了，一瓣瓣的抛弃在地上。

　　风吹过来，还微微的飘起她劫后的香，可是一会儿洗街的水冲过来，她就和马粪混和了。

　　这一天的温暖明亮的朝阳光，她竟不能享受了。麻雀儿在街上，照常的跳着叫着。她与他本是很好的朋友啊！

　　但她已不能回头和他作别，只能一直的向那幽悄悄的阴沟口里钻去了。

一九二三年六月十六日，巴黎

巴黎的菜市上

巴黎的菜市上，活兔子养在小笼里，当头是成排的死兔子，倒挂在铁勾上。

死兔子倒挂在铁勾上，只是刚刚剥去了皮；声息已经没有了，腰间的肉，可还一丝丝的颤动着，但这已是它最后的痛苦了。

活兔子养在小笼里，黑间白的美毛，金红的小眼，看它抵着头吃草，侧着头偷看行人，只是个苒弱可欺的东西便了。它有没有痛苦呢？唉！我们啊，我们哪里能知道！

一九二三年六月二十三日，巴黎

我竟想不起来了

去年秋季,一日下午,在柏林南城Steglitzstrasse乘电车时有此感想,至今不忘。本日清早,梦未全醒,不知不觉间缀成此诗。

一九二三年六月二十四日,巴黎。

电车上挤得满满的,
我站在车窗外,
她坐在车窗里,
细看了又细看,
好像有些认识的,
可是我竟想不起来了。

大雨连天的泼下来:
大风摇撼着道旁的古树,
天翻地覆的响。
我衣服都已湿透了,
我人也快要冻僵了,
但我还不住的想,
不差吧!——
好像有些认识的,
可是我竟想不起来了。

乱箭般的雨点,
打花了车窗,
越发看不清她的面貌了:
能看见的只她胸口儿白白的,
模模糊糊的像被浓雾笼罩着,
啊!便是这么一些吧,
好像有些认识的,
可是我竟想不起来了。

梦

正做着个很好的梦,
不知怎的忽然就醒了!
回头努力的去寻吧!
可是愈寻愈清醒:梦境愈离愈远了!

眼里的梦境渐渐远,
心里的梦影渐渐深:
将近十年了,
我还始终忘不了!

要忘是忘不了,
要寻是没法儿寻。
不要再说自由了,
这点儿自由我有么?

一九二三年六月二十九日,巴黎

在墨蓝的海洋深处

在墨蓝的海洋深处，暗礁的底里，起了一些些的微波，我们永世也看不见。但若推算它的来因与去果，它可直远到世界的边际啊！

在星光死尽的夜，荒村破屋之中，有什么个人呜呜的哭着，我们也永世听不见。但若推算它的来因与去果，一颗颗的泪珠，都可挥洒到人间的边际啊！

他，或她，只偶然做了个悲哀的中点。这悲哀的来去聚散，都经过了，穿透了我的，你的，一切幸运者的，不幸运者的心，可是我们竟全然不知道！这若不是人间的耻辱么，可免不了是人间最大的伤心啊！

一九二三年七月四日，巴黎

别再说……

别再说多么厉害的太阳了,
只看那行人稀少的大街上,
偶然来了一辆的马车,
车轮的边上,马蹄的角上,
都爆裂出无数的火花!
啊!咖啡馆外的凉棚,
一个个的多么整齐啊!
可是我想到了红海边头,
沙漠游民的篷帐,
我想到了印度人的小屋,
我想到了我灵魂的坟墓:
我亲爱的祖国!

别再说自然界多么的严峻了,
只看那净蓝的天,
始终是默默的,
始终不给我们一丝的风,
始终不给我们一片的云!
独行踽踽的我,
要透气是透不转,
只能挺着忍着,
忍着那不尽的悲哀,

化做了腹中一阵阵的热痛，
化做了一身身的黄汗。

啊！不良的天时，不良的消息，
你逼我想到了"红笑"中的血花！
我微弱的灵魂，
怎担当得起这人间的耻辱啊！

后　序

　　去年五月二十四日的大热，已将巴黎三十年来的记录打破。今年七月六日，又将这记录打破。恰巧这天，我北大同学为着国际共管中国铁路的不祥消息，开第一次讨论会，我就把这首记我个人情感的诗，纪念这一次的会。

　　我要附带说一句话：爱国虽不是个好名词，但若是只用之于防御方面，就断然不是一桩罪恶。

　　我还要说：我不能相信不抵抗主义。

　　蜗牛是最弱的东西了，上帝还给它一个壳、两个触角，这为什么？

　　鼠疫杀人，我们防御了，疯狗杀人，我们将它打死了；为什么人要杀人，我们要说不抵抗！

　　为着爱国二字被侵略者闹坏了，就连防御也不说；为着不抵抗主义可以做成一篇很好的神话，就说世界中也应如此。这若不是大智，可便是大愚！

　　我只要做个不智不愚的人，我不能盲从。我就是这么说！

一九二三年，巴黎

尽管是……

她住在我对窗的小楼中,
我们间远隔着疏疏的一园树。
我虽然天天的看见她,
却还是至今不相识。
正好比东海的云,
关不着西山的雨。
只天天夜晚,
她窗子里漏出些琴声,
透过了冷冷清清的月,
或透过了屑屑的雨,
叫我听着了无端的欢愉,
无端的凄苦;
可是此外没有什么了,
我与她至今不相识,
正好比东海的云,
关不着西山的雨。
这不幸的一天可就不同了,
我没听见琴声,
却隔着朦胧的窗纱,
看她傍着盏小红灯,
低头不住的写,
接着是捧头不住的哭,

哭完了接着又写，
写完了接着又哭，……
最后是长叹一声，
将写好的全都扯碎了！……
最后是一口气吹灭了灯，
黑沉沉的没有下文了！……
黑沉沉的没有下文了，
我也不忍再看下文了！
我自己也不知怎么着，
竟为了她的伤心，
陪着她伤心起来了。
我竟陪着她伤心起来了，
尽管是我们俩至今不相识；
我竟陪着她伤心起来了，
尽管是我们间
还远隔着疏疏的一园树；
我竟陪着她伤心起来了，
尽管是东海的云，
关不着西山的雨！

一九二三年七月九日，巴黎

熊

在巴黎植物园里，看见两只熊，如篇中所记，其时正在日本大震灾之后。

植物园里的两只熊，一只是黄的，一只是白的，都是铁钩般的爪与牙，火般红的眼。

白的一只似乎饿着。它时时箕坐着抬起头来，向游人们乞食。黄的一只似乎病着。看它伏在石槽旁吃水，吃一口，喘一口；粗而且脏的毛，一块块的结成了毡，结成了饼。

饿的病的总是应该可怜的。我们把带来的面包，尽量的掷给那白的吃。我们也互相讨论，现在的医术进步了，想已有专医猛兽的一科了。

饿的病的总是应该可怜的。但假使它不是个熊而是个牛，不做我们的敌而做我们的友，我们的同情，不要更深一层么？

但是，我们的失望是无尽的！便是它饿着病着，它还是铁勾般的爪与牙，火般红的眼。我在这里可怜它，它若能上得我的身，便是它饿着病着，它岂能可怜一些我！

一九二三年十月，巴黎

面包与盐

记得五年前在北京时，有位王先生向我说：北京穷人吃饭，只两子儿面，一镏子盐，半子儿大葱就满够了。这是句很轻薄的话，我听过了也就忘去了。

昨天在拉丁区的一条小街上，看见一个很小的饭馆，名字叫作"面包与盐"（Le pain et le sel），我不觉大为感动，以为世界上没有更好的饭馆名称了。

晚上睡不着，渐渐的从这饭馆名称上联想到了从前王先生说的话，便用京语诌成了一首诗。

一九二四年五月八日，巴黎

老哥今天吃的什么饭？
吓！还不是老样子！——
两子儿的面，
一个镏子的盐，
搁上半喇子儿的大葱。
这就很好啦！
咱们是彼此彼此，
咱们是老哥儿们，
咱们是好弟兄。
咱们要的是这么一点儿，
咱们少不了的可也是这么一点儿。
咱们做，咱们吃。

咱们做的是活。
谁不做，谁甭活。
咱们吃的咱们做，
咱们做的咱们吃。
对！
一个人养一个人，
谁也养的活。
反正咱们少不了的只是那么一点儿；
咱们不要抢吃人家的，
可是人家也不该抢吃咱们的。
对！
谁要抢，谁该揍！
揍死一个不算事，
揍死两个当狗死！
对！对！对！
揍死一个不算事，
揍死两个当狗死！
咱们就是这么做，
咱们就是这么活。
做！做！做！
活！活！活！
咱们要的只是那么一点儿，
咱们少不了的只是那么一点儿，——
两子儿的面，
一个镚子的盐，
可别忘了半喇子儿的大葱！

拟儿歌四首

（用江阴方言）

一

吾乡沙洲等地，尚多残杀婴儿之风；歌中所记，颇非虚构。

"小猪落地三升糠"，
小人落地无抵扛！（注：无抵扛，或作无顶扛，谓无对付安排之具。）
东家小囡送进育婴堂，
养成干姜瘪枣黄鼠狼！
西家小囡黑心老子黑心娘，
落地就是一钉靴，
嗡喀页！一条小命见阎王！
蒲包一包甩勒荡河里，
水泡泡，血泡泡，
翻得泊落落，
鲤鱼鲫鱼吃他肉！
明朝财主人家买鱼吃，
鱼里吃着小囡肉！

二

铁匠镗镗!

朝打锄头,夜打刀枪。

锄头打出种田地,

刀枪打出杀罔两。

罔两杀勿着,

倒把好人杀精光。

好人杀光呒饭吃,

剩得罔两吃罔两!

气格隆冬祥!

三

我哥哥,你弟弟,

明年阿娘养个小弟弟。

哥哥吃米弟吃粞,

哥哥吃肉弟吃鸡。

鸡喔喔,喔喔啼!

鸡喔喔,鸡冠花。

鸡冠花,满地红;

喇叭花,满地绿;

红红绿绿一团锦,

黄山上,

瓦哒勃仑吨!

炮打江阴城!

四

呒事做,街上荡;

讨老婆,吃家当。

家当愁吃完，
快快养个儿子中状元。
儿子养到十七八，
照样豁拆拆。
再讨老婆再养儿，
再望后代状元出我家。
一代望一代，
代代有后代。
现成封翁封婆代代有，
只恨状元勿肯来投胎！

一九二四年八月，巴黎

拟拟曲二首

一

在报上看见了北京政变的消息,便摹拟了北京的两个车夫的口气,将我的感想写出。

一九二四年十月十六日,巴黎

老哥,咱们有点儿不明白:
怎么曹三爷曹总统,——
听说他也很有点儿能耐,
就说花消吧,他当初也就用勒很不少——
怎么现在也是个办不了?
不是我昨儿晚上同你说:
前门造铁路,造坏勒风水啦。
当初光绪爷登基,
笑话儿可也闹勒点,
可总没有这么多。
可不是!
咱们笑话儿也都看够:
他们都是耀武扬威的来,
可都是——他妈的——捧着他脑袋瓜儿走!
先头他们来,不是你我都看见,屋顶上也站满勒兵。

现在他们走,
说来也丢尽勒他妈的脸,还不是当初的兵!
只是闹着来,闹着走,
隶苦子的只是咱们几个老百姓。
对呵!
眼看得天气越冷越紧啦;
前天刮勒一整夜的风,
我在被窝儿里翻来覆去的想着:
今年这冬天怎么办?
真是整夜的没睡着。
老哥你想:一块大洋要换二十多吊。
咱们是三枚五枚的来,一吊两吊的去。
闹勒水灾吃的早就办不了,
可早又来勒这逼命的冬天啦!
唉!咱们谁都不能往前头想,
只能学着他们干总统的,
干得了就干,干不了就算!
反正咱们有的是一条命!
他们有脸的丢脸,
咱们有命的拼命,
还不是一样的英雄好汉么?

二

老六,我说老九近来怎么样?
怎么咱们老没有看见他?
可是他又不舒服啦?
还是又跟他媳妇儿怄勒气,

气得把他的肺都炸勒吧?
我说老五,你们做街坊的总有个耳闻吧!
吓!你这小孩子多糊涂!
你说的老九不是李老九?
李老九可是早死啦!
结啦?完啦?
可不是!
什么病?
病?谁说得清它是什么病,什么症!
横是病总是病吧!
请大夫瞧勒没有?
瞧?许瞧——
瞧勒可又怎么着?
你不知道害病是阔人的事!
花上十块请个大夫来,
再花十块抓剂药,
凭你是催命鬼上勒门也得轰走啦!
也不见得吧!
你看袁宫保袁总统,
冯国璋冯总统,
不都是他妈的两条腿儿一挺就吹勒灯勒吗!
死的也是死,
可总是死总统少,活总统多;
不像咱们拉车的,
昨儿死的是老九,
说不定明儿个死的就是我老六;
赶到明儿个的明儿个,

要是你老五死啦，
你媳妇儿哭哭啼啼，
我老六就去娶她！
别打哈哈啦！
你还是好好的告诉我吧：
老九死勒有几天啦？
我跟他交情是没有，
可是同在一个口儿上搁车，
打乙卯那一年起，
算起来也有十二三年啦。
我们俩见天儿见早晨拉着空车上这儿来，
大家见面儿"今儿早！
吃勒饭勒吧？"
到晚半天儿大家分手，
他说："老六明儿见，
你媳妇儿给你蒸了锅窝头，
你去好好的吃吧！"
我说："老九明儿见，
你小宝贝儿在门口儿等着你哪，
要你给他一个子儿买个烧饼吃。"
嘻！这都是平常的事，
可是到他死勒一想着，
真叫人有点儿难受哇！
唉！老九这人真不错。
可是他死也死得就太惨啦！
不是你知道，
自从前年秋天起，

他就有勒克儿咳克儿咳的咳嗽。

这病儿要是害在阔人老爷身上啊,

那就甭说:

早晨大夫来,

晚晌大夫去,

还要从中国的参茸酒,

吃到外国的六〇六。

偏是他妈的害到勒老九身上啦,

可还有谁去理会他?

他媳妇儿还不是那样的糊涂蛮缠不讲理,

他孩子们还不是哭哭咧咧闹着吃,

哭哭咧咧闹着穿!

老九他自己呢,

他也就说不上"自己有病自己知",

他还是照样的拉!拉!拉!

拉完勒咳嗽,咳嗽完勒拉!

这样儿一天天地下去,

他的小模样儿早就变成勒鬼样啦!

到勒去年冬天的一天,

啊,天气可是真冷,

我看见他身上还穿着那件稀破六烂的棉袄,

坐在车簸箕上冻得牙打牙。

我说"老九,

你又有病,天又冷,

这棉袄可是太单寒,

不如给他添添棉花就好多啦。"

他说"唉!哪摸钱去?

是你老六送我吗？"

说着他就掉勒几滴眼泪，

可又接着说：

"天气快要暖和啦，

一到打春，我身子就可以好多啦。"

不想今年不比得往年，

春是打啦，

天气是暖和啦，

他病可是一点儿点儿重；

病虽是一点儿点儿重，

车可还是要他一天天的拉；

他拉着拉着，

拉完勒咳嗽，咳嗽完勒拉，

直拉到躺在炕上爬不起，

这已是离死不过两三天啦！

听说他死的那一天，

早上还挨勒他媳妇儿一顿骂；

赶到他真断勒气，

他妈的可又天儿啊地儿啊的哭起活儿来啦！

这且不去管！

反正她就是这么一路货！

可不知道后事是怎么办的？

一个狗碰头，

是我们街坊攒的公益儿；

装裹也就说不到：

那件稀破六烂的硬棉袄，

就给他穿勒去；

一根唆杆儿烟袋,

还是他小女孩想起来勒给他殉勒葬。

这样就是过勒他这一辈子,

这样就报答勒他一辈子的奔忙啦!

一九二五年九月十六日,北京

归程中得小诗五首

一 地中海

涛声寂寂中天静，三五疏星兢月明。
一片清平万里海，更欣船向故乡行。

二 苏彝士运河

重来夜泛苏彝士，月照平沙雪样明。
最是岸头鸣蟋蟀，预传万里故乡情。

三 Minikoi岛

小岛低低烟雨浓，椰林滴翠野花红。
从今不看炎荒景，渐入家山魂梦中。

四 哥伦波海港

椰林漾晴晖，海水澄娇碧。
咿哑桨声中，一个黄蝴蝶。

五 西贡

澜沧江，江上女儿愁，
江树伤心碧，江水自悠悠！

一九二五年七月七日，海上

小诗五首（小病中作）

一

若说吻味是苦的，
过后思量总有些甜味吧。

二

看着院子里的牵牛花渐渐的凋残，
就想到它盛开时的悲哀了。

三

口里嚷着"爱情"的是少年人，
能懂得爱情的该是中年吧。

四

最懊恼的是两次万里的海程，
当初昏昏的过去了，
现在化做了生平最美的梦。

五

又吹到了北京的大风，
又要看双十节的彩灯向我苦笑了。

一九二五年十月九日，北京

小诗三首

一

暗红光中的蜜吻,
这早已是从前的事了。
人家没端的把它重提,
又提起了我的年少情怀了。

二

我便是随便到万分吧,
这槐树上掉下的垂丝小虫,
总教我再没有勇气容忍了!

三

夜静时远风飘来些汽笛声,
偏教误了归期的旅客听见了。

一九二五年十月,北京

疯人的诗

我在欧洲,共做过两首《疯人的诗》。较长的一首,是一九二四年所做,共有二三十张稿子,现在不知道夹在什么地方去了。这一首大约是一九二一年初到巴黎时做的,当时在一本小册子上用铅笔胡乱的涂了十多页,今于无意中发见。

哈!哈!哈!
我把我静的眼睛看你们的动!
我把我动的眼睛看你们的静!
这样……
这样……
永远是这样……
丑!

但是你们说,
自你家坟墓里的祖宗
以至你粪缸里的蛆虫
都是这么说:
美!

也好也好!

何苦同你们拼命呢！

哈哈哈！

怎不快意？

白的刀进，

红的刀出！

怎不快意？

你说我不行么？

看罢！

白的刀进，

红的刀出！

你说你不死么？

看罢！

至少你也就不活了！

人也杀的不少了！

我也杀过你，

你也杀过我，

咱们俩是死鬼谈谈心！

回味转思量，

回味转思量，

白的刀进，

红的刀出，

咱们俩何等的快意阿！

咱们俩何等的快意阿！

别说谎!
价钱你放心!
咱们别说谎!
今天跪在该撒大帝前,
响头磕了一百二十个。
明天跪在耶稣老爹前,
响头磕了一百二十个。
有眼睛的朋友们!
头皮肿得多高了?
世界进步得几多了!

打开窗子向亮看:
今天接昨天,
明天接今天,
可还永远是的大前天!
天是那般的黄!
地是那般的黑!

朋友!你比我多看见了些什么?
你比我多看见一个我!
我比你多看见一个你!

你说我是疯子么?
你看不见你,
犹如我看不见我。

闭上你的眼罢!
咱们拉拉手!
咱们拉拉手,
咱们俩是好朋友。
咱们碰个杯儿喝一杯,
咱们真是好朋友。

咱们的患难临头了!
你上前面去攻,
我坐在家里头守。

要是你被敌人杀死了,
我当然是放开步子走!
这是我的错;
你是我朋友,
你该原谅我。

那是你的错,
我怎能原谅你?
原谅便是毁了你。
你难道不知道:
咱们俩是好朋友?

替我砍去这颗树,
别叫落下的树叶打破了我的头!

你我是朋友,
你该帮助我。

人家要活剥你的皮!
也叫我来帮助你!
我正急着要拉屎,
对不起,谁有工夫来睬你!

这是我的哲学,
也就是你的哲学。
你若不相信,
你敢一手摸着心,
一手打我的嘴?

哈哈哈!
猪噜噜的母亲怎样死,
甘草,黄连,五倍子!

我饿了,走进面包铺子里,
说声"面包来,我有的是钱!"
面包不睬我,
一会儿都变做了骷髅跳舞了!
这不是笑话奇谈么?

我渴着,走进酒店里,
说声"酒来,我有的是钱!"

四壁的酒瓶儿哈哈的一阵笑,
都变做了袒胸凸肚的弥勒佛!
这不是笑话奇谈么?

我要满足我的欲,
走进卖女人的店,
说声"女人来,我有的是钱!"
女人沉默着,
雪也般的变做了坟头的十字架!
这不是笑话奇谈么?
最后是我的金钱向我革命了!
他们飞出了钱囊向我脸上打,
说:"我看着你的始祖生,
听着你的始祖叫!
你始祖的骨头已烂了,
还听着你同样的叫!
叫罢!
一会儿又看见你的骨头也烂了!"
咳!这是何等的笑话呢?

拿着珍珠向狗身上掷,
我送的是盛礼,
狗可要咬我,
咳!这是何等的笑话呢?

这是何等的笑话呢?——

狗可要咬我。
咬罢咬罢!
我也是个狗!
我有勇气说我是个狗,
你!你也有这勇气么?

　　　　　一九二六年一月十一日,重抄于北京

散 文

反日救国的一条正路

——谨贡此意于全国学界同人

苏州人打架,把辫子往头上一盘,握着拳头大呼三声"来!来!来!"到真要打了,他却把辫子往后一抹,拔脚便逃,口中说声"今天没吃饱饭,不打你,明天收拾你"。

这一段故事,真把苏州人挖苦得够了。然而,我们自己想想,我们的举动,我们的所谓"救国事业",还不是道地的苏州货!

国难临头了,我们开大会,派职员,打电报,发宣言,游行,示威,演讲,贴标语,叫口号,缠墨纱,甚至于写血书,看上去何尝不慷慨激昂,轰轰烈烈,可是,只须看见一个日本兵拿着枪来了,保管吓得大家一哄而散;

只须听见一声日本枪,保管吓得大家魂不附体;恐怕还不见得能像苏州人从容不迫的说声"今天没吃饱饭,明天收拾你"。

我说这话并不是冤人,也不是要"长他人之志气,灭自己之威风",却因事实是如此,与其有话留给别人说,不如自己说。

前星期二,某处某某两校学生,结队游行既毕,忽然听见一个消息,说日本兵要到两校附近去练习打靶,已得当地公安局许可。嘻!好!两校的学生,连夜就吓得精光!有一部分趁火车逃到了北平，见了人就气喘喘的问：

"不好了！日本兵要占据我们的学校了，有什么办法？"

有什么办法！人家只吹了一口气，就叫你们不远数百里一逃而至北平，还有什么办法！

当我们结队游行了大半天，叫了大半天的口号之后，回到家中，可真有些累了。我们坐一坐，喝口水，擦把脸，自己想：今天辛苦了，救了大半天的国。

不差，的确辛苦了，的确救了大半天的国：这是事实，非但是事实，亦许还是真理！

但是，就国的一方面说，劳你驾去救它，费了这么大的劲，它受到了一丝一毫一粒芝麻大的益处没有？

我敢干脆的说，没有！因为这也是事实，这也是真理。

非但国没有受到益处，而且说不定还受到了相当的害处：

你说这种游行示威叫口号可以吓倒日本人么？日本人就不怕你这一手。非但不怕，而且正要利用：他可以用这些材料向国际宣传，说中国人频频加以仇视与侮辱，致两国间有不愉快的感情，为自卫计，不得不有断然的处置。

同时他还可以用这些材料去刺激本国的军人，使他们对于中国人更加仇恨，在打仗时更加活跃。

你说你要借此唤醒本国人么？能醒的不唤自醒，不能醒的唤也不醒。我亲眼看见游行队在街上走，街旁的市民报之以冷笑，甚至于加以一两句尖酸刻毒的批评。他们的铺子里正堆满着日本货；他们正要借着日本货的来源减少而居奇；他们正要借此机会而向有政治关系的银行挤兑；

他们正要借此做标金；正要借此把银元的价值从四十吊抑低到三十五六吊。你向他们呼号，他们不把日本人作敌人,却先把你们当作敌人。

我们都有我们的正业:读书的应当读书,教书的应当教书。读一点钟书和教一点钟书对于国家有什么好处,虽然目前看不见,但总在国家的进益项下记着。假定一个青年因为游行叫口号而牺牲三点钟,一百万青年就可以牺牲三百万点钟。无端在国家的进益项下减少了三百万点钟的正当工作及其效率,而其替代工作之效率等于零,这是何等重大的损失。

我们应当知道,我们所叫的口号,并不是五印掌心雷,可以叫日本人望风而靡;也不是张天师的神符,可以叫麻木不仁的国民一变而为生龙活虎。我们要救国,无论对内对外,应另取一条切实有效的途径,不能老用这一套村童撒野、村妇骂街的幼稚手段。

我们应当知道,此番日本出兵,并不是由于一朝一夕之愤,却是二三十年以来处心积虑的结果;所以既然出了兵,决不能像五三那次一样轻易撤去。他们或者竟要老老实实的永远占据土地,因为我们虽然承认满蒙是我们的,他们却承认满蒙是他们的;在这种观察点之下,他们觉得永远占据土地,正是分所当然,仰不愧于天,俯不怍于地。或者他们因为国际的空气不大好,暂时特别客气些,把土地交还给我们,可是,所交还的是名,所侵占的是实;所交还的是肤廓,是糟粕,所侵占的是膏血,是精华。总而言之,半斤还是八两,满蒙从此完结。

我们应当知道,日本之所以要占据满蒙,虽然是帝国主义者的野心的具体的表露,却也是势有所不得不然。他们国小民多,若不向外发展,决然不能生存;而要向外发展,除满蒙外实无更好的路径。所以他们对于满蒙的竞争,决然不是随便的尝试，决然不是无端同中国人开玩笑，决然不是儿戏。他们能得到满蒙就是一条活路，得不到就是一条死路。所以，要是我们以为中国有的是地方，这满蒙有也可以，没有也可以，那就不如趁早奉送给他，也省得许多麻烦，省得彼此伤了和气！要是以为满蒙是应当争的，那就必须彻底了解这种的争不是尝试，不是开玩笑，不是儿戏，而是个判定你死我活，或我死你活的大决斗。必须有了这样的见解，然后才可以争一争。

我们应当知道，所谓不抵抗，实在只是不能抵抗。沈阳驻有五万重兵，只不到一千个日本兵就占据了沈阳城！

退到一百万步说，你即使不开枪抵抗，难道不能关一关城门，使他攻上三天五天么？从此我们可以明了，中国之所谓兵，只是一大堆的宜于杀戮同胞的刽子手，要放到国际的疆场上去，只是增加国际的笑谈而已。

我们应当知道，现在中国所处的地位，只有两条路可以走。第一条路是不抵抗而投降，订一个城下之盟。第二条路就是抵抗，就是打，打必败，败必降，结果也是订一个城下之盟。

我们应当知道，日本此次出兵，虽然是军人方面的自动，没有经过正当的政治手续，所以币原说："吞满洲无异于吞炸弹"；其余在政治上较有远大眼光者，亦以为日本宪政从此破坏，是日本本身的一件大事。但这是日本的事，决不与中国相干。日本决不能因为有这样的事就减轻了对于中国的打击；到临了，必还是有实力的武人占了优势，文人只是供奔走而已。所以，假使我们中国人要希望日本的文人武人意见分歧，因而得以苟安一时，苟延残喘，那就与希望日本再有一次大地震一样的渺茫，一样的可耻！

我们应当知道，国际联盟不过是那么一回事；国际联盟里的那几位先生，也不过是那么几位先生。别说他们被日本人包围了不肯说公道话，即使肯说，他们手下并没有一支国际军，还不是嘴上擦石灰：白费。而况，中国人自以为得到了"不抵抗"三个字的秘诀，就可以博得人家的同情与眼泪，殊不知"不抵抗"之在欧美人心目中，只是"卑怯"（Coward）的表露，照字典上的解说是"缺乏胆量"（Wanting Courage），"没有灵魂"（Spiritless），以这种资格求助于人，人家虽然表面上同你敷衍，骨底里还不是冷笑一阵子完事！

我们应当知道，中国人挨日本人的打，并不是偶然，是活该！中国的地面比日本大到几十倍，富饶到几十倍，为什么连穷乡僻壤的小铺子里也充满了日本货？中国的人口比日本多到几十倍，军队的数目也多到几十倍，为什么中国人见了日本人就如同老鼠见了猫？为什么中国的阔人军阀们看了本国全体民众小得不如一颗米，看见了日本的卖金丹卖手枪的流氓就头昏心痛不敢放一个屁？难道日本的富强是买香槟票买来的，中国的贫弱是天火烧成的？如其不是，那就是我们的不争气，是我们的罪孽深重，我们辜负了这神州一片土，我们对不起我们的祖宗！我们居然还有城砖厚的脸皮去向欧美人乞怜！要是我们老照着这样的情形混下去，即使能于保全国土，至多也不过是稍有天良不肯掘卖祖宗坟墓的破落户，不是显亲扬名光前裕后的好子弟。

知道了以上各点，然后才可以说反日，然后才可以说救国。

反日与救国虽然可以连接在一起说，却并不是一件事，应当分别而论。

先说反日。

何以到反日，因为日本人是我们的仇人，而且不是普通的仇人，是势不两立，不共戴天的死仇！

对付死仇并不是打哈哈的，必须能忍能做，然后才可以达到报仇雪耻的目的。

所谓能忍，是说无论你用怎样不堪的手段对待我，我只是忍受。你骂我，我忍受；你打我，我忍受；甚至于你要杀我，我若认为应当忍受，还是忍受。

我们没有感情上的"是可忍，孰不可忍"，只有事理上的"在应忍时无不可忍"。

我们唯一的表示是：你骂我，我不响；你打我，我不讨饶，我不哭；我们有眼泪往肚子里汪，决不掉给你日本人看。

我们平时对于日本人无所用其忿忿然；见了面点头还是点头，握手还是握手——但须记得，这便是将来拿着刀子捅你的手。

我们宁饿死，不与日本人发生任何职业上的合作关系，小而至于拉车的不拉日本人，大而至于月薪六百元的东方文化委员会委员也不干。

我们立誓终身不买日本货（除有关知识的书籍，及往日本游历时），天天自己摸着良心自顶至踵检查一下：我们不必硬劝别人，别人自然会被我们的血诚所感动；也不必硬去取缔奸商，到没有人买了，奸商也就无从奸起了。

我们一切都是不动声色，只是痛心切齿的记牢了四个字：总有一天！

到了那一天，我们就做，我们就拼命。

我们有枪就用枪，没有枪就用刀，没有刀可以用木棍，用树枝，用砖石，再没有，我们有头可以撞，有拳可以挥，有脚可以踢，有牙齿可以咬！"困兽犹斗"：当一条狗被人打得要死的时候，它还能占据了一只墙角，睁着惨绿的眼睛，露着雪白的牙齿，想要用最后的力量咬了你一毒口才死，难道中国人就不如一条狗！

我们拼！能组成军队就用军队拼，不能组成军队联合了十个八个人三个五个人也可以拼，单独一个人也可以拼！你叫我们军队也好，土匪也好，暴徒也好，什么名义都可以，我们所要的是拼。一个拼死一个不赔本，一个拼死两个还赚一个！

只须世界上还剩得一个中国人，你们日本人休想好好的过；只须世界上还剩得一滴中国人的血，必须拼到了你们日本人相等的血才甘心。

这就是我所主张的忍与做。

怎样救国？

国是个有机物，并不是呆然的一大块。

现在的中国，并不像欧战后的德国一样只受了些硬伤，乃是每一个组织每一个细胞都在出脓都在腐烂。

细胞就是我们自己，组织就是我们自己的事业。

所以，要救国，先该救我们自己，先该救我们自己的事业，自己不肯救，只是呼号着"救！救！救！"，其结果必至于不可救。

要救我们自己，应该时时刻刻努力，把自己做成一个堂堂正正能在这竞争剧烈的世界上站得稳脚头的人；应该时时刻刻责问自己：所做的事，是不是不问大小，每一件都可以在国家的总账簿上画一个正号，不画一个负号。

要救我们的事业，应当问一问自己所做的事业是不是可以和外国同等的人所做的同等的事业一样好，或比我们更好；做学生的，应当问一问自己的程度能不能比上外国同等的学生，所用的功力能不能比上外国同等的学生；做教员的，应当问一问自己能不能和外国同等的教员一样热心于教授，一样热心于研究，自己能不能有什么著作什么发明可以和外国同等的教员相当，自己所造就的人才，和对于学术上的贡献，是不是可以置之于世界学林中而无愧。要是别国的学生别国的教员可以打一百分，而我们只可以打九十九分，那还是我们不长进，应当不分昼夜努力赶向前去。必须别人能打一百分，我们也能打一百分，甚至于可以打一百零一分一百零二分，那才算救了我们的事业。

我们不应当看轻我们自己和我们自己的事业。在国的总账簿上，小学教员是一个人，国民政府主席也只是一个人；一个小学教员能尽职，其价值不亚于一个国民政府主席能尽责。

我们应当锻炼我们的身体。在和平时，这身体是做事业的工具；到战时就是杀敌的利器。

我们应当珍爱国家的血本。日本货固然终身不买，别国货能不买总不买，能有国货总用国货。能替国家省下一个铜子，即是替国家多保留一分元气。

我们应当认定现在是卧薪尝胆刻苦耐劳的时代，把什么，"颓废主义""享乐主义"，以及"摩登""跳舞"等淫逸丧志的东西，一概深恶痛绝，视同蛇蝎。

我们应当爱美。但要爱真的美，不要爱假的美。行为纯洁，不做卑鄙龌龊的事，那是美。人格完全，做个顶天立地的汉子，那是美。到必要时，杀身成仁，死得干干净净，那是美。有钢铁一样坚固的身体，有金钢钻一样刚强而明亮的灵魂，外面穿件兰布大褂，也掩不住他的美。要是做女人的以涂脂抹粉为美，做男子的也跟着她们以涂脂抹粉为美，弄得全国青年，不分男女，一概脂粉化，那是"国家将亡，必有妖孽"，徒见其丑恶可呕，算不得美。

三十五年过去了！

国立北京大学自从创办到现在，已整整三十五年了。

我们在校中做事的，读书的，碰到了这样一个大纪念日，自然应当兴高采烈的庆祝一下。

但是，严重的困难还依然严重，国内分裂的现象又已重演于目前，1936年的世界大恐慌，也一天天的紧逼上来。我们处身于这样的局面之中，只须稍稍一想，马上就可以收回了兴高采烈，立时变做了愁眉苦脸。

不错，瞧我们的校徽罢！"北大"两个篆文，外面一道圈子，是不是活画了个愁眉苦脸？

但我并不在这里说笑话。我以为这愁眉苦脸的校徽，正在指示我们应取的态度，应走的道路。我们唯有在愁眉苦脸中生活着，唯有在愁眉苦脸中咬紧了牙齿苦干着，在愁眉苦脸中用沉着强毅的精神挣扎着，然后才可以找到一条光明的出路。要不然，"覆巢之下无完卵"，就是醉生梦死者应得的报应。

瞧瞧欧战以后的德国人罢！他们真能在愁眉苦脸之中蛮干。他们痛苦时只是抬起头来喘口气，喘完了气还是低着头干。而我们呢？在我们的账簿上，只怕除去呼口号，贴标语，开会，游行示威，发通电之外，所余下的也就近于零了罢！

回想三十五年前，清政府因为甲午一役，受了日本人的大挫折，才有开办大学的决议。而大学开办了三十五年，其结果曾不能损及日本人之一草一木，反断送了辽东千里，外加热河一省，这责任当然不能全由大学师生担负，而大学师生回想当年所以开办大学之故，再摸摸自己身上这三十五年中所受到的血渍未干的新创，请问还是应当兴高采烈呢？还是应当愁眉苦脸呢？

当然，我们不能不承认现在的北大已有相当的根底，更不能不承认已往三十五年中的北大已有相当的成绩。我们到国内各处去旅行，几乎没一处不碰到北大的旧同学。

这些同学们或做中央的委员部长，或做各省县的厅长局长县长，做大中小学校长教员的更多。他们各以其学问经验用之于所办的事业，自然对于国家各有各的贡献。把这一笔总账算起来，自然也不能不算伟大。所以，若然我们要说一句自为譬慰的话，也就不妨说：要是这三十五年中没有北大，恐怕中国的情形还要更糟。可是这样的话，要是校外的人拿来恭维我们，我们还应当谦逊不遑。要是我们自己这样说，那就是不求上进，没有出息的表征。

我们应当取极严厉的态度责备我们自己。我们应当把已往所得的光荣——若然有的话——看作没有，应当努力找寻自己的耻辱，而力求所以雪耻之道。

我们这学校并不是研究飞机大炮的，所以，我们造不出飞机大炮，并不是我们的耻辱。但是，我们研究自然科学，而我们在自然科学上还没有很重要的发明，那是我们的耻辱。我们研究社会科学，而我们对于本国社会的情状，亦许还没有外国学者调查得清楚，那是我们的耻辱。

我们研究本国文史，而我们所考据的东西，亦许有时还不比上外国学者所考据的精确，那是我们的耻辱。

大家都呼号着要雪国耻。我以为国耻应当一部分一部分的雪。做商的应当雪商耻，做工的应当雪工耻，我们头顶三十五年老招牌的北大，应当努力于雪学术耻。

单有坚甲利兵而没有其他种种事业以为其后盾，决不足以立国。我们的职任，既不在于为国家研究坚甲利兵，就应当在我们的本分上做工夫！要是能把本分上的工夫做得好，其功业亦决不在于为国家研究坚甲利兵之下。

前几年，"读书""救国"两问题的冲突，真闹到我们透气不得。到了今年五月二十二日，这问题就被事实解决了。虽然我们回想到了这样的事实就要心痛，但心痛的结果可以指示出一条我们应步的路，那还不得不认为"塞翁失马，安知非福"。

同学们，同事们，三十五年已经过去了，愁眉苦脸的校徽正在昭示着我们应当愁眉苦脸的去做，我们在今天一天上，自然不妨强为欢笑，兴高采烈，从明天起，就该切切实实，愁眉苦脸去再做上三十五年再说！

廿二年十二月十七日，北平

欧洲花园（译）

（一）千九百十六年三月十一日

晨起，行于市，见鬻报之肆，家家咸树一竿，竿头缀巨幅之布，或悬径尺之板，署大字于上，以为揭橥，曰"葡萄牙宣战矣"。此数字着吾眼中，似依恋不肯即去；而吾当举目凝视之时，心中感想何若，亦惘然莫能自说，但知战之一字，绝类哑谜，难测其奥。七百年前，吾葡萄牙甚小弱，其能张国威，树荣名，自跻于大国之列者，战为之也。及后，阿尔加司克伯尔之役，摩尔人败吾军，吾主，摩尔人（Moo-rs）居非洲北岸，为阿剌伯及巴巴利人之混合种，不信耶教。千五百五十七年，葡王约翰三世（King John III）死，其孙撒拔司丁（Sebastian）嗣位，只三岁，王伯祖摄政。至千五百六十八年，王十四岁，归政。王年少英敏，嗜运动及冒险之事，又笃信宗教，亲政既十年，恶摩尔人之无化，集国中兵万四千众，以千五百七十八年六月二十五日，自葡京里斯朋（Lisbon）发发，渡海征摩尔。八月四日，战于阿尔加司克伯尔（Alcacer Kebir）大败，王死乱军中，万四千人及从征诸贵族，或死或俘，无有还者。事平，有得王尸者，见身受数十剑，血肉模糊，衣冠类王外，莫由辨真伪，遂运归，葬于白仑寺（Convent of Belem），其曾祖马诺欧王（King Manoel）所建者也。或谓归葬者实非王尸，王之死，不在战场，而在被虏于摩尔之后云。以撒拔司丁之英毅，竟不蒙天佑，身死国辱，隳其祖宗之遗烈，而令吾葡萄牙人屈伏于人者，亦战为之也。嗟夫，吾葡萄牙固昔日之泱泱大国也，光焰烛天，荣名盖世，以今之小，视彼之大，数百年来，爱国之士，殆无一不悲愤填膺，叹为昔日之盛，恐终古不能见诸今日也。然昔日之盛，果即终古不能见诸今日乎？则其事犹待解决，固无人能知之，亦无人能断之也。

今葡萄牙宣战矣，祖宗之灵，已归相吾辈，吾辈将来运遇，为骞为吉，容可即此决之。夫以吾葡萄牙先人之事业，曾于惊世骇俗中辟一新纪元，曾于探幽穷险中辟一新纪元，曾于人心能力中辟一新纪元，吾人幸而为其子孙，岂可昏昏过去，而不一念其遗烈邪？且亦岂一念即了，以为昔日之事，仅一光荣之幻梦，今梦醒情移，不妨于夕阳西下时，歌俚歌，徘徊于颓垣破宇间，摩挲旧迹，视为考古之资，而不以先人之遗命，为前进之铙吹，希望之宝库耶？诸君英人；英人，果敢人也，御木纳之假面，而藏锋镝于其中；善画策，平时一举手，一投足，悉资以造策；策备，乃待时而动。人之论诸君者，每谓英人何狡若游龙，不可捉摸。不知诸君固自有主意，初非动于一时之情感也。职是故，诸君恒视吾辈为怪物，谓葡萄牙人善作梦，当晴日当空，气候温暖，则葡萄牙人梦矣：置身园中，见橘树及夹竹桃之花，灿然齐放，微风送香，则色然喜，如登天国，曾不一思来日之大难；似此举国皆梦，茫然不知世间复有白昼，国几何而不亡。诸君以此责吾辈，吾辈敢不唯诺；盖吾葡萄牙人固善梦之民族，常自承不讳也。然吾辈所梦，未必即符诸君之所测。乃有一梦，作之数百年矣，今犹未醒也。自当年撒拔司丁王遇害，国人悲之，北自格利西亚,南迄亚尔客夫司极边,凡言及此王,莫不口嘘唏悲叹,谓王英气过人,春秋甚富,貌錤丽如少女,国人莫不愿为效死;以王其人,在理当展其雄略,建万世之功,不能即此淹忽;于是佃佣村媪,撰为齐谐,父诏其子,母语其女,谓王实未死,今睡耳,异日且归;至今山村酒肆间,老农辈偶谈故事,犹坚执此说。此非数百年未醒之梦耶?诗人嘉穆恩有句云:"Antiga fortaleza alealdade d'animo enobreza;"嘉穆恩(Louis de Camoens)生千五百二十四年,死千五百七十九年;此二句以英文直译之为:"Ancient vigour and loyalty of mind and nobleness"。吾今亦作此想,想诸君闻之,或将匿笑。然英国诗人,不亦尝谓神话村谈,幻梦怪想,均自具哲理,不能视为妄谬耶?

又吾葡萄牙农民,都朴质寡文,与自然界甚接近,故为状绝类小儿。方吾儿时,乳母为吾述神话,吾自摇篮中听之,恒心慕神仙,谓他日吾长,亦神仙也。今老农辈之于撒拔司丁,亦犹吾儿时之于神仙耳。慕之既切,信之既深,苟有机缘以通其雍,有不誓死直前,使失诸撒拔司丁者收诸今日耶?且物极必反,失败之后,或转光荣;痛苦既深,每多欢乐;毅力之刃,炼自患难之炉;破产之父,临终涕泣,遗孤奋勉,必昌其家;中谓葡萄牙即此萎化不振耶?今葡萄牙改民主政体矣,吾犹于撒拔司丁深致惋慨,闻者幸弗以吾为王党余孽,亦弗以吾如此立论,事关政治,当知吾于葡萄牙全国之中,一切政党政客,多无所憎好,亦无所信仰;所自信者,但有国魂。昔耶稣基督未降生时,犹太人期望基督至切,谓必基督生,乃能救民水火。及耶稣既生,以基督自任,虽犹太教徒及市井无赖众起反对之,而终无损于基督。基督者,盖应乎人人心中之愿望而生，所谓果生于因也。今吾与邦人，既深信撒拔司丁之必归，执彼例此，安见撒拔司丁之果不来归耶？来归之后，选旧材，鸠旧工，重建旧邦，又安见其要底之固，不尤十百往时耶？世之论者，又岂能决言吾葡萄牙神话，尽属荒渺无稽耶？虽吾生有涯，而世变靡定，撒拔司丁来归，果在吾一息未尽之前，抑在吾此身既了之后，吾不自知。要之，吾为挚信撒拔司丁必归之人，吾即可屏绝一切王党民党，自立一党曰撒拔司丁党。隶党中者，吾本人外，即全国佃佣村媪，至今犹深信撒拔司丁未死之人。其导吾入党者，则为吾乳母玛利，今已死矣。吾读书识字，所读历史之书，自小学以至大学，聚之亦可成束，然求其趣味浓郁，摹绘往年事实，栩栩欲活着，殆多不如吾乳母所述之故事。有时于故事之后，殿以俚词，抚余顶而歌之，尤能深镌吾脑，令吾永不遗忘。今日身在伦敦，见街旁鬻报肆中有葡萄牙宣战之揭橥，遂使余热血鼓荡于中而不能自已者，胥吾乳母玛利之力也。玛利居茫堆司州，其地甚冷僻；小说家每谓茫堆司者，未经世人发见之沙漠也；又曰，茫堆司为文明不及之地，以茫堆司道路崎岖，居民寥落，逆旅既朴俭有上古风，旅行之士，亦遂裹足；凡一切奢侈安适之具，世人美其名曰进步云者，胥不能于茫堆司求之。吾葡萄牙编户之氓，多崇实黜华，茫堆司尤甚，游其地，接其人，不识字者几居什九；然宇内灵气，实钟其身；记力理想，均高人一等；怀旧之念，尤时时盘旋胸中；与谈旧事，自白发之叟，以至三尺之童，莫不仰首叹息，似有无限悲苦。玛利生于其地，呼吸其空气既久，女子也，而怀抱乃类爱国伤心之士。所居在山中，祖若父均业农。山中之地，自经垦植，能产嘉谷；而老农辈时时侈道旧事，指山中古迹以示后昆，谓某山之麓，尔祖宗鏖战之地也；某水之滨，尔祖宗饮马之处也；虽不免穿凿附会，而鼓铸国魂之功，实与垦植土地同其不可磨没。吾国为地球古国，曲绘其状，当为一白发萧萧之老人。老人天性，多喜神话，故二千年前罗马侵占吾国之神话，至今犹传说勿衰。余以神话无稽，素不研习，顾于鼓铸国魂之神话，则颇重视，谓圣经寓言而外，足为精神界之宝物者，唯此而已。吾今已长，玛利亦已物化，而玛利小影，犹在吾目；吾六岁时玛利携我抚我之事，思之犹如昨日。记得玛利恒赤足，而性情和厚，举止温雅，不类乡村蠢媪；面棕色，微黑，然修剃甚净，不以黑而妨其美；目大，黑如点漆，似常带悲楚，而口角常露笑容；平时御红棕色之衣，淡橘色之披肩，裙则天鹅绒制，黑色，旁缀小珠；首裹一巾，玫瑰色地，琥珀色文，自前额至后颈，尽掩其发，两耳垂珥，黄金制，甚长，下垂几及其肩；自颈至胸，围一金链，上缀小十字架及金心无数，问之，则以祖传对，谓每一十字架，或一金心，即为一祖先之遗物云。是日之夜，余独处逆旅，脑思大动，恍如吾已退为小儿，与玛利相处，身居祖国，浓雾迷漫，山谷间尽作白色，羊颈之铃，锵锵不绝，牧羊之童，则高声而叱狗；又似时已入夜，启窗外望，天上明星闪烁，如与吾点首，风自西来，动庭前松树，飒飒作声；松下忍冬花方盛开，风送花香，令人心醉；玛利则徐唱俚歌，抚余就睡，歌曰：

"风吹火，火小则灭之，火大转炽之；同心而别离，毋乃类于斯。"

此歌直译英文为：

As is the wind tothe fire,

so is absence in love.

If love be slight , it is soon less ;

it great , greater it will grow.

余觉歌味隽永,神魂回荡,不觉昏然入睡。

(二)四月一日

余仍在伦敦,蚤起,天作鱼白色,阴云下垂,似上帝蹙额,闵世人之疾苦。风自东来,奇冷,着人欲战。余凭阑远眺,百感交集,思吾祖国昔日之光荣,今已消散,今日之事,犹在扰攘中,云稠烟重,不能遽判其结果;则将来者,其为希望与否,为不蹶不振与否,亦岂能预说耶。

思至此,觉万念多冷,但有悲叹。忽街头一卖花者,手一木筐,中置紫罗兰花,高声求卖,花上露珠未干,颜色鲜艳,似迎人而笑。余一见此花,斗如冰天雪窖之中,骤感春气,一息一呼,都含愉快,盖此小小之花,足导吾灵魂,使复返儿时也。记得六七岁时,一日,园中紫罗兰方盛开,玛利挈吾同坐花砌之旁,见天色明净,一碧如洗,日光作金黄色,着人奇暖,而玛利为吾娓娓道撒拔司丁遗事,吾聆之,亦觉希望幻梦,都美丽放金光也。玛利之言曰:"人言撒拔司丁王已死者,妄也。当王渡海出征时,师船千艘,银樯锦帆,貔虎之士,万有四千。既渡海,胜亦进,败亦进,创深矣,流血成渠矣,而掌帜之弁,犹扬旗而前,旗色如雪,映耀日光,幻为奇灿。及势尽援绝,王犹跃马独出,溃围三次,披杀摩尔三十九人;力尽,乃见禽。尔时,夕阳西下,斜烛战场中,尸骸枕藉于地,中有葡萄牙人万三千;掌旗之弁亦受创死,然犹握旗于手,不肯放;旗本白色,昔曾飞扬空中,与青天之色争艳者，此时血溃满之，倒地作惨红色，似为死者鸣其悲愤。鸣呼，王竟败矣，王为上帝之故而出师，竟不蒙上帝之福矣。王既成禽，摩尔人载之归，梏其手足，纳地狱中，令终岁不见天日。王羞忿交并，每值黑夜，闻狱外鬼声呜呜，与风声潮声相和，心辄暴痛，如欲裂为千万，自言曰：'嗟乎上帝！吾以渺渺之身，临世界最富最强之国，窃愿上答帝恩，树十字架于世界尽处耳。今不幸而败，岂吾已永永不能与吾民相见耶？岂吾已永永不能更见曜灵之光耶？岂吾已永永不能乘吾战马以临敌耶？岂吾已永永不能挥吾宝刀，率吾战士，战彼丑虏耶？'王战创本剧，益以悲怆，生活之力日消，未几即纳其灵魂于上帝。"玛利语至此，稍息，余静坐其旁，屏息欲聆其续，颇不耐，问曰："其后如何？"玛利曰："其后，一日，时在四月，朝阳方起，有微风自东来，挟魔力，透地狱之坚壁而入。王在狱中，忽闻乐声悠扬，若远若近，又有紫罗兰香，随风而至，启目视之，则石壁已消，但有大海；海上青天如笠，日光暖和，傍岸在一船，金舷锦帆，庄严夺目，船头立一银甲神，曰圣密察尔，见王，即引登船上，驶向海天深处，顷刻不见矣。"余曰："王既出狱登船，驶向海天深处，想必甚乐。"玛利曰："否，王戚甚，身虽出狱，心实系念吾民。登舟后，问圣密察尔曰：'至高至贵之天使，吾不知何日何时，得返故国。吾知吾国之民，今方痛哭不止，悲我运遇，又日日祷天，求上帝佑吾归国。吾民之意，殆以吾苟不归，吾葡萄牙决无发展国威之日。至高至贵之天使，能示我归期否？'天使笑而不答，王再三问，则曰：'究在何日，吾亦不能预指。但汝既思归甚切，汝民又念汝勿舍，亦终有归期耳。汝其静俟上帝之明诏。'"

此上云云，玛利当春花盛开，秋月初上之际，为吾讲述者殆不下百十次，余每聆一次讫，必问曰："不知今日王归否。"玛利曰："今日不归则明日，明日不归，亦终有一日归也。"诸君英人，疆域占全球五之一，尚勇进，不知回顾，闻吾此言，必斥为幻梦。然而举国精神汇聚之焦点，果为幻梦与否，吾可引诸君人人诵习之格言以相答也。格言曰："毋或扰女，毋或恐女，万变运行，帝独相女。"

五年九月，上海

拜轮家书(译)

千八百有十年六月二十七日,自君士但丁堡拜白老母。令以霍好思君归国之便,作书付之,令其携呈。儿等行止,书中有未详者,吾母见霍君时,霍君自能为吾母缕述。至儿究于何日言旋,目下尚难预定。霍君归国后,究于何日可抵脑丁亭拜轮之故乡,即其母所在,亦属无定。幸弗雷却(拜之从仆,彼颇为拜所喜,后以不善旅行,渐恶之)不善旅行(英国仆从,大都如此),携与共行,适增一累,今已遣彼归国;倘霍君不至吾家,即由彼面陈一切。彼随儿外出,历地颇广,所言当能详尽无遗也。

记得在耶尼那(Janina地名,现属阿尔班尼亚。)时,与摩罕默德巴沙相遇。是为阿立巴沙(AliPash 人名,曾为忧尼那府尹,生一七四一年,卒一八二二年,颇有功于土耳其)之孙,年仅十岁,目大,黑如点漆。设此目而可出卖,吾英妇闻之,必不惜千万之巨值;然在土耳其,则颇平常。土耳其人容貌之异于欧人者,亦仅此大而且黑之目耳。彼见儿时,向儿言:汝年纪甚轻,无人保护,奈何远出旅行。以十龄之童,而语气乃类六十老叟,至有趣也。

儿此时不能多述琐事,简约其言,则儿自去国至今,长日仆仆,颇多跋涉之苦;然山川风物,在在足娱人意,始终未有一顷之无聊也。儿意循此以往,儿之气质必变;始也喜旅行而倦于家居,终乃漫游成习,与支波西人(Gipsy为一种游荡种族，十八世纪时自亚入欧，以赌博星相诱拐窃物为业，欧人多恶之）同一气味。此等气味，人谓嗜旅行者咸具之，信也。五月三日，儿自绥司托司泅水至阿皮笃司（Sestos与Abydos均地名，阿皮笃司在小亚细亚，绥司托司在土耳其，中隔Hellespont海湾，即Dardanelles海湾，欧亚交界也），其事颇类吾母所知之雷恩第亚故事，惜无丽人如"希罗"者，迎儿于岸头耳。〔神话，雷恩第亚Leander居阿皮笃司，眷一女曰："希罗"（Hero，译言英雄）居绥司托司。雷恩第亚爱女甚，每夜必泅水渡海峡就之。一日，海水汹涌，溺死；女闻之，亦赴水死。书中云云，盖戏言也。拜轮性喜泅水，此次横渡海峡，尤为生平豪举，诗词书札中屡记其事。〕

土耳其境内，回教寺院之宏大者，儿悉已看过。土人最重教律，向不许异教人入寺，此次吾英大使任满归国，请之土皇，土皇敕许，乃得随往参观，亦难得之机会也。

儿尝溯薄司福拉司（Bospherus又名君士但丁堡海峡，北接黑海，南接马莫拉Marmora海）而上，北游黑海；又尝环行君士但丁堡一周，登其城垣，览其形势。自谓今兹所见于君士但丁堡者，转多于昔日之所见于伦敦也。日来苦思吾母，心中常愿得一冬夜，偕吾母向火而坐，细述游况，以娱老人。然此时尚望吾母原宥，六月中，恐不能更作长函，因须摒挡西行，返希腊作消夏计也。

弗雷却亦太可怜。彼所欲者安乐，而儿所能偿其安乐者有限也。彼言此次远出，跋涉攀援，势且成病，信也。

然儿料彼归国后，必于吾母前丑诋一切，谓所经各处如何不适，则不可信矣。彼终日长叹，问所叹何事，则一为麦酒一杯，二为无事而懒坐，三为欲见其妻，四则与其精神契合之一切魔鬼而已。儿自抵此间，始终未有失望事，亦未有受人嫌恶事；所与交接，自最上流以到最下流，都颇欢洽。尝于巴沙府中流连数日，而投宿于牛棚之中者，亦复数夜；细察民风，知其和霭（蔼）安分，可与为善也。

又于麻利亚、里法地亚二处，与希腊名流数辈，宴游多日；其为人虽次于土人，终胜于西班牙人，而西班牙人则犹胜于葡萄牙人也。自来游君士但丁堡者，多有游记记其事，吾母当已见其一二。记得桓德雷夫人游记中，尝言圣保罗寺（伦敦大寺院之一），倘与圣莎菲亚（土耳其大寺院之一）并置一处，其庄严伟丽，殆可相敌，此言误也。儿先后参观两寺，相其外表，审其内容，参互而比较之，知圣莎菲亚寺虽为历史上希有之古迹，前此希腊皇帝（罗马帝国东西分裂后，其东部称东方帝国或希腊帝国（Eastern or Greek Empire），君主称希腊皇帝，非古希腊也）自戛司丁尼亚以后，加冕于寺中者数人，为人狙杀于寺中神坛之上者亦数人，而土耳其诸苏旦，复时时到寺，吾辈置身寺中，抚摩旧迹，诚足增进识见，然就庙身之大小，及建筑之华朴言之，实远出当地沙雷门等诸回教寺院之下，以视圣保罗寺，更不能于同一叶书中记之矣（儿为此言，颇似纨绔子弟口吻）。儿于寺院之建筑，最喜塞维尔（西班牙地名）诸寺院之峨斯式；窗户上端均作尖形，倘儿前此所见圣保罗、圣莎菲亚诸寺院，悉改用此式，必更饶古趣也。

土皇所居撒拉尔尧宫，四围墙壁，与吾家纽斯坦园（在脑丁亨爵邸附近）大致相似，式样亦同，唯较高耳。京城四周，绕以高埔，骑马行城下，瞰其大陆之一面，景物绝美，吾母试冥想之：道之左，有三层式之凹凸壁，长凡四英里，壁上络以青藤，苍翠欲滴；摩天高塔，参差其间者，为数二百十有八；道之右，则为土耳其人公葬之所，杉木成林，光景幽静，其大者高可百尺，世界上清美可爱之区，推此为第一矣。儿尝游雅典，伊弗塞司（Ephesus在小亚细亚）、兑尔费（Delphi在希腊）各处，观其古迹，又游土耳其全境之大半，与欧洲大陆各地，亚洲亦稍稍涉足，然无论天然物或人造物，求其最足动人感想者，殆无如土国黄金角（GoldonHorn为薄司福拉司海峡西北入黑海处）尽头处，七塔（Seven Towers为土国幽禁国事犯之牢狱）两旁之光景也。

今当言英国事矣。读吾母手书，知《英吉利诗人》等书已付印，至慰。（拜轮之最初著作《HoursofIdleness》出板[版]，有著书诋之者，拜轮乃更作《英吉利诗人及苏格兰评论家》（English Bards and Scottish Reviewers）诗反讥之。）原书初版已罄，此谓第二版。吾母当知，此次重印流通，书中增订不少也。伦敦维果弄森德画师，已将所绘儿像送来否？此像于儿启行前画好，画值亦于彼时付去，倘尚未送来，即请吾母遣人往取。吾母近来似颇爱读杂志，来书中所述异闻，及一切引证，想多从杂志中得来也。至谓虽无加来塞尔之助，儿苟有意，亦得列席为议员，诚为儿所乐闻，然儿与加来塞尔前因李夫人之事绝交，今岂复愿与彼旦夕出入于同一门户中耶？彼时李夫人心甚怏怏，儿亦颇以为歉，今无恙否，便中乞为致意。

儿意B君当娶R女士，始乱终弃，非吾所取。吾辈做人，第一要不干坏事；此虽不易办到，知过而改，固为吾辈能力所能及也。R之于B，可称嘉偶，藉曰稍逊，而其家薄有资产，以为妆奁，可作抚养子女之费，虽补偿不多，亦颇不恶，奈何遽弃之。吾食邑中断不容有此等灭德败行之事,易言之,吾不许吾自身所为之事,即不许租种吾地之人为之;而于事之有关女子贞操者,持之尤坚。明神鉴我,我前此颇多罪恶,今已痛自改悔矣。唯望此洛撒里奥神话(洛撒里奥占人之妻,其夫怒,起与战,遂见杀,此用以指B),以我为式,令彼不幸之女子,复为社会之完人;否则吾可誓诸吾父之灵,痛惩勿宥,彼其谛听。

孺子鲁倍德,望吾母分外济恤之;渠亦可怜人,归国后,想必切思其主,当时渠颇不愿独归也。(鲁倍德为拜轮侍童,于中途遣归,拜轮平日颇怜爱之,《去国行》第四五二首为彼作也。)吾母近日,必康健安适。望锡好音,以慰长想。尔之爱儿拜轮。

再:满雷无恙否。(Joe Murray为拜轮之友,拜轮死后,曾为刊印诗文十三卷,即流通最广之拜轮全集定本是也。)

又此信封后复启,因弗雷却复自请相随,同往莫利亚半岛(Morea为希腊最南之半岛),不愿独归矣。

五年十月,上海

阿尔萨斯之重光(译)

("Alsace reconquered",Piere Loti作,据英文本译)

此时为千九百十六年七月,更越一月,即为阿尔萨斯光复后吾初次旅行其地之一周纪念矣。尔时吾与吾法兰西民主国总统同行。总统之临莅其地,事关军国,初非徒事游观,故行程甚速,未暇勾留。至总统所事何事,则例当严守秘密,勿能破也。

吾侪抵阿尔萨斯时,天气晴畅,尝谓晴畅之天气,能倍蓰吾人之快乐,其效用如上帝手执光明幸福之瓶,而注其慈爱之忱,福此有众。是日气候极热,南方蔚蓝深处,旭日一轮,皓然自放奇采,尽逐天上云滓,今清明如洗;而四方天地相接处,则有群山环抱,郁然以深。山上树木繁茂,时当盛夏,枝叶饱受日光,发育至于极度,远望之,几如一片绿云,又如舞台中所制至精之树木背景,而复映以绿色之电光;山下平原如锦,广袤数十百里间,市集村落,历历在望;而人家门口,多自辟小园,以植玫瑰。此时玫瑰方盛开,深色者灼灼然,素色者娟娟然,似各努力娱人;吾欲形容其状,但有比之醉汉,盖醉汉中酒则作种种可笑之状以娱人,而其自身则不知不觉,但有劳力而无报酬也。阿尔萨斯所植玫瑰,玫[非]仅大家庭园中有之,食力之夫,家有数步余地,所植者玫瑰也;即无余地,而短垣之上,枝叶纷披,中有径寸之花，红紫争辉者，亦玫瑰也。玫瑰为世间名卉，通都大邑，尚不多得，而阿尔萨斯人乃种之如菽粟焉。

总统所乘汽车驰骋极速，车头悬丝制三色国旗，旗顶悬金线之穗，乃总统出巡之标志。时微风鼓縫，飞舞空中，车所经处，恒有一缕金光，盘旋顶上。吾侪行前，并未通告大众，同行者总统与余而外，仅有机夫；侍从卫队，悉屏弗用。意谓抵阿尔萨斯时，事类通常游客，不致惊动居民。谁料一履其境，即有少年多人，踏车疾走于汽车之前，每遇一人，或抵一村落，则举手扬帽，高呼"总统至矣！"吾侪势不能禁也。其尤健者，则先吾车数分钟而行，中途且噪且舞，报其事于村人；村人闻讯，立即悬旗致敬，故吾车虽速，而每至一村，即见家家窗户洞启，悬国旗于檐下，其布置之速，如着魔力。所悬旗，三色国旗外，尚有红白二色之阿尔萨斯州旗。此乃阿尔萨斯人心中至爱之一物，凡有血气，莫不誓死以争。今阿尔萨斯之旗，复为阿尔萨斯所有矣。所悬三色国旗，新制者什八九，间有一二已陈旧，不复鲜明夺目，则尤当视为神圣之纪念，盖尝屈于德意志之淫威，密藏箧底，黯然不见天日者，四十余年于兹矣。

吾车过处，欢呼之声，上彻云表，旁震山谷。聆其声，观其舞蹈欢腾之状，知此非皮面之敬礼，实自心底迸裂而出也。

各处房屋，墙上时见弹孔，大小不一；房屋之毁于炮火，栋折梁摧，但余败址者，亦比比而是。然此等景象，见于他处则为千疮百孔，满目荒凉，于阿尔萨斯万众欢呼中见之，转足令人悠然神往，叹为国魂之所凭寄。又礼拜寺旁，累累新冢，十倍平时，观其新立之十字架，纯白如雪，光芒四射，则热泪不禁夺眶而出，自语曰：吾法兰西好男儿殉国而死，今长眠此

中，愿其灵魂安息之地，勿更沦于异族之手也。

吾侪每至一村，辄少停；停留之处，首村长办公所，次小学校；出校登车，即展机直驶次村。大约每停不逾十分钟，总统即尽此十分钟之长，以与父老子弟握手，或作简短之演说，慰其既往，勖其将来。最有趣者为小学校学生。此辈小国民在阿尔萨斯未光复前，所操者德国语，所读者德国书，今数月耳，而总统问以简单之问题，即能用法语相答；或总统用法语述一故事，若寓言，若神话，以娱之，亦能一一了解，无所疑难。是可知德人能制人以力，不能贼人之性灵也。又有幼女成群，环绕车前，以所制小花圈上总统，总统笑受之，全车尽满。此等幼女特自旧箧中出其母若祖母幼时所御之衣衣之，红衣而金裳，帽缀丝带结，飘飘如彩蝶之对舞，见者几疑置身四十年前之阿尔萨斯也。当幼女辈环列车前上花圈时，余问"总统突如其来，尔等何能预备及此？"则欢呼云："竭力赶办耳。"

观其面赤如火，汗流如浆，言竭力赶办，信也。然其心中欢喜如何，非吾笔墨所能形容矣。

各村房屋，前此开设商店者，此时尚有德人之遗迹可见：如食肆之不为restaurant而为restauration，剃发店之不为coiffeur而为friseur，烟草肆当作tabac，而德人易其末一字母为K。凡此种种，多不足为阿尔萨斯羞，徒令后人笑德意志人之枉费心机而已。

吾侪留阿尔萨斯仅二日，然已遍游其地。闻德人治阿尔萨斯时，朝布一政，暮施一令，揭示至多，今已片纸无有矣。然此时德人尚未远去，其驻兵地点，即在阿尔萨斯四境群山之外。在理，两国战事未已，苟吾侪有所畏惧，决不敢行近山下。然总统生平，胆量极豪，自言倘惧德人，即不应来此。因驱车，巡山下一匝，而山后德人，竟未以武力相待，亦甚幸矣。且吾侪行时，非寂然无声也，人民欢呼之声，高唱《马赛曲》之声，和以军乐及鼓角之声，其响可达十数里外，而相隔仅有一山，德人非聋，胡能弗觉。又德人以间谍名于世，间谍所用远镜，日不去手，此时吾辈高扬三色国旗，有无数人民结队而行，岂其远镜已毁耶？故余谓总统：德人诚懒汉，此时倘以巨弹来，吾辈势必尽歼。然弹竟不至，亦始终未闻枪炮声，而两日中人民欢呼若狂，自庆其终得自由，竟未有丝毫悲惨之事，如病死埋葬之类，以破其兴会，亦难能矣。

阿尔萨斯人之眷怀祖国，乃其光复后万众欢腾之状如是，而德人犹谓按诸地势，揆诸人事，阿尔萨斯当属德，不当属法。似此不经之言，盛行于莱茵河之彼岸，宜也，不幸而渡河，无识小民信以为确，犹可恕也；奈何前此衮衮诸公，自号专政学家者，亦从而信之，以厚负吾法兰西之阿尔萨斯耶！

五年十二月，上海

马丹撒喇倍儿那

（节译Cleveland Moffett所作《今世女界第一人物》，原文见美国《莫克鲁尔月报》一九一七年二月号）

今世最有名望之妇女为谁？其能以心的力量，与精神的感化力，及其事业之成功，使其自身为世界中一最有趣味之妇女者为谁？质言之，今世女界中堪称第一人物者为谁？吾苟持此问题，集全世界人而为一总投票，结果殆必马丹撒喇倍儿那（Madame Sarah Bemhardt）当选无疑。

马丹之名，举世无不知者，即远至亚洲非洲，亦称道弗衰。亦或简称其字曰撒拉，则犹拿破仑亚历山大辈之只须称以族姓，不必更举其字也。

马丹在本国时，以嚣俄（Victor Hugo）之怀才自负，目无余人，而一见所演《吕勃拉》（Ruy Blas）（是剧即嚣俄所编，言西班牙皇宫中，有一仆役与皇后相爱，惧皇帝问罪，杀之，又自杀以全皇后之名誉），竟不惜屈膝其前，揽其手而亲之以吻。

其至外国京城时，魔力之大，直如上国君主下临属国。帝王也，而屈尊兀坐于包厢之中，为之鼓掌；皇后也，而手执玫瑰之花球，对舞台而遥掷；钻石之宝星，则一赠再赠；皇室之车马汽船，则有专差承候，供其随时乘用。

在伦敦时，首相格兰斯敦（Gladstone）曾躬诣其宅，与论

《菲特儿》(Phèdre Racine 所作)一剧之情节。威尔斯亲王及王妃,且自远道归来,一亲颜色。

在纽约时,大发明家爱迪生(Edison)谢客久矣,闻其至,则色然喜曰:"此拿破仑以后一人也,吾不可以不见。"乃为开一夜会,且大演电术以示敬意。以下四节半,详述马丹在美国各处演剧时大受欢迎状况,并详记所得金钱之数,均琐屑不必译。唯记其在纽约演《茶花女》一剧,第三幕毕,叫幕十七次;全剧告终,叫幕二十九次;出剧场时,迟于门外,欲与握手者,多至五万人。又总计在美国演剧,凡一百五十六次,得资五十三万三千五百二十金,平均每次三千余金,在世界演剧史中,均为从古未有之成绩云。

马丹老矣,而精神犹健,似决不愿以衰老二字,自杀其成功之志望,尝谓"已得胜利,乃过去之事实,不足道。吾唯努力前进,期时时有一新胜利见于吾前,吾意乃慰"。故通常女伶,一至暮年,即销声匿迹,不复与世人相见,日唯衣宽大之衣,倦坐安乐椅中,手抚椅柄,对炉中熊熊活火作微笑,似谓此中有无限佳趣。马丹则视暮年与妙龄无殊,当一九〇九年,渠风尘仆仆,往还欧美二洲之间,得资可数百万法郎,时年已六十有四矣,然犹是英气扑人眉宇,一火花四射之明星也。

去年马丹至美,某报派一少年记者往见之,出一亲笔署名册向乞真迹留作纪念,讫,问曰:"马丹对于此次大战,作何观念?"马丹微笑曰:"先生以为余当作何观念?"曰:"吾不知。"马丹曰:"吾亦不自知。"少停,记者又问曰:"马丹预料大战何时可了?"马丹亦曰:"先生预料大战何时可了?"记者曰:"吾不知。"马丹曰:"吾亦不知。"于是二人默然相对。记者自知无可再问,即起立告辞曰:"马丹再会。"马丹笑送之门,曰:"先生再会。"记者出,弹指自叩其脑曰:"好奇怪。"马丹则回问其书记曰:"他说些什么!"

去冬十月,马丹离美之前,演一新编之战剧,以为临别纪念;余幸亦列座。(此剧情节,乃一法国少年掌旗军官亲语马丹,而马丹据实制为剧本者。)余见舞台之上,残阳衰草之中,此七十一岁之老女杰,自饰少年军官,当其弹丸贯胸,血流遍体,犹手抱三色国旗而疾走,至力竭仆地,乃发其最后之呼声曰:"英吉利万岁!法兰西万岁!"而手中尚紧抱国旗勿舍。嗟乎!此景此情,吾知五十年后,凡曾于是日到院观剧之人,犹必洒其老泪,呼子若孙而语之曰:"吾于某年某月某日之夕,目睹此垂死之少年军官也。"

全剧科白,以演绎"耶稣在喀尔伐里(Calvary)之祈祷"(注:喀尔伐里乃耶路撒冷附近之一小山,即耶稣受刑处)一节为最佳;其于"渠等明知而故犯,望勿赦其罪"(Neles pardon nezpas. Ils savent cequ' ils font)一语,凡三易其辞,今直录之,愿读者瞑目一想:

渠等背弃誓言,欲以人血染历史,毁我寺院,戮我子弟,乱我妇女。天主!渠等明知而故犯,望勿赦其罪。

渠等违背条约,阻止人道之进行。如有小弱之国,宁死勿辱,出全力以自卫者,渠等亦弥增其暴力以摧灭之,即尽歼其人民,亦所勿顾。天主!渠等明知而故犯,望勿赦其罪。

天主!长夜将过,愿汝于天明之后,勿更以爱惠加诸渠等,而令其永受苦恼,倍于吾等所受;愿汝以不疲不息之手痛扑之;愿汝以永流不息,永拭不干之眼泪渥其身。天主!渠等明知而故犯,望勿赦其罪。(注:原文每节之下,均有评语,今删去。)

马丹在美时,余候至四日之久,始能见于旅馆中,谈话可一小时。然余甚以为幸,因求见马丹者,日必数百人,马丹按次延见,往往有候至十数日,而谈话不过数分钟者。(此下删去原文十四行)均言其延见宾客忙碌之状。既相见,余即问曰:"马丹,吾知人生所能供给之物,凡荣誉愉快爱情三者,殆已为马丹一人享尽。今马丹于艺术界与女界之中,均为不世出之怪杰,见人所不能见,为人所不能为,享人所不能享,直欲使世上一切大人先生,相率罗拜于马丹足下,而……"言未已,马丹即笑问曰:"君言信耶?"余曰:"如何勿信?此非鄙见猛然,知马丹者均作是言也。然以所罗门之尊荣富贵,犹言'世事空虚,人生如幻。生乎斯世,无非劳苦其灵魂,觅一失望之终局'。不知马丹亦有此观念否?"马丹曰:"此言吾决不能信,吾知人生为一真实之事,且为一值得经过之事。吾年虽老,犹日日竭吾智力,于此真实不虚之生命中,自求其日新月异之趣味。因吾知吾人只有一个生命,有此现成之生命而放弃之,而欲于意想中另求一不可必得之生命者,妄也。"余闻言大奇,以马丹为旧教信徒,此种思想,实与教义大背。因问曰:"如马丹言,彼宗教家谓吾人于现有之肉体生命外,将来更有一灵魂生命,其言不足信矣。"曰:"然,吾不信此说。"曰:"吾人尽此肉体生命之力量,果能满足吾辈之欲望,而使其全无缺陷否,此亦一问题也。"马丹曰:"欲解决此问题,不必问人,但须问己。吾以为吾人意志中之大隐力,实神怪不可思议,倘能运用之,发达之,则吾辈体中,人人各有其梦想所不及之能力在。吾人事业之成功与否,与夫心之所羡,身之所乐之果能

如愿与否，胥可与此种能力决之。"（此下删去原文二十余行，乃无关紧要之谈话。）

余又问："马丹对于'死的问题'有何见解？"马丹曰："余认定'人生'为'乐趣'之代名词，故乐趣消失之日，即为身死之日。去年二月，余右足发一巨疽，以行动不能自由为苦。谋诸医生，医生曰：'用手术去此足，代以木足，则术恙，否则疽即愈，此足终不能复动。'余即促其施术，时余子在侧，涕泣言：'母年高，不能当此。施术不慎，是以性命为儿戏。不施术，即瘫，亦何害。'余曰：'施术不慎固死，瘫亦何异于死；同一死也，而施术可以未必死，何阻为？'今吾右足已易木足，行动无殊于往时。吾于致谢医者之神术而外，更当自谢其见识与决心。否则今日之日，吾已为一淹滞病榻之陈死人，朝朝暮暮，唯有哭出许多眼泪，向废足挥洒而已。"

马丹于来美之前数月，曾至法国战壕中演剧六次，余叩以当时情况何若，答言："此为吾毕生最悲惨之经历，亦为吾毕生最愉快之事业。吾在巴黎及各大都市演剧，虽承观者不弃，奖誉有加，要其爱我之诚，终莫此辈可怜之前敌兵士若。吾于是发生一种观念，以为我之技术，用于它处仅为普通之感化与慰藉，用于战壕之中，乃始有接触人类灵魂之意味。"

余问："马丹年事日增，何以精力不损？"马丹笑曰："吾亦不自知其所以然。即与吾相习之医者，亦言'他人终有衰老之日，独此媪弗尔。察其体质，初无过人处，此诚咄咄怪事。'然吾仔细思索，知吾今日之不老，实种根于九岁时。尔时吾为小学生，一日，与一表弟同作跳沟之戏，失慎落沟中，伤臂流血，父兄辈咸戒余后此不可复跳。余曰：'否，无论如何，余必跳。'后校中比赛运动，余以优胜，应得奖品，先生问余何欲，余曰：'余不喜实物之奖品，但愿先生书无论如何四[字]予之可矣。'先生不解，告以故，则喜曰：'此子可教，'遂取素笺，书'无论如何尔终胜'数字，以作奖品。自是以后，吾数十年来刻刻不忘者，即此数字。故年达七十，犹日必骑马行数里，或击网球一二小时。至去年断足以后，始改习较柔软之室内运动，然仍按日练习，无论如何不肯中辍。吾老而不衰，其理或在斯乎。"夫以一七十一岁之老嬷，年齿与吾辈之祖母若曾祖母等，又折其一足，而犹能秉承"无论如何"之教训，实行其身体锻炼，试问此等人当今有几。

马丹一生行事，无时不有"无论如何"之观念。某年，渠在法兰西戏院演剧，余适与同寓。时天气温和，常人咸衣单薄之衣，而马丹犹御皮服，似其寒疾已深，然仍每夕登台，未尝因病辍演。又有一次，时在马丹中年，渠患肺病，尚于每夕演剧之外，精修雕刻之术。有问其何必自苦至此者，马丹曰："吾身上有病，心中无病，病其奈我何？吾晨以八时起，骑马至郊外吸清气，自十时始，即独居一堂，治雕刻术；有时脑昏欲晕，弗顾也。"又有一次，乃马丹受伦敦某剧院之聘，准备登台之第一夕；妆已上矣，忽病发，晕扑于后台化妆室者凡三次，而绣幕既启，马丹依旧登场，观者均大满意而去。凡此所述，马丹自谓得力于"无论如何"四字，余则因以制成一定理曰："人心万能。"（此节原文共四节二十九行，兹仅节译大意。）

去冬马丹至美，甫离"西班牙"号船，纽约各日报各杂志记者，已群集旅馆中候之。尔时天甫破晓，马丹睡眠未足，又已在大西洋狂风巨浪中颠簸多日，其劳瘁可不待言。乃一入旅馆厅事，见记者辈方骈坐以待，即整顿精神，与谈此次航海西来情事，清言娓娓，历数小时不倦，唯命侍者取鲜葡萄少许及牛乳一杯，以润枯吻。记者辈乃欢喜出望外，各出铅笔小册，乘其啖葡萄饮牛乳时疾书之。马丹所言，以十月八日事为最有趣。渠谓"是日为星期，船主于晨间接得一无线警电，言'昨晚已有商轮六艘，为德国潜艇轰却，君船当严为戒备。'于是船上执事者大忙，尽出救生之物分发乘众，且放下救生艇，俾一有警耗，即可登艇。而搭客之纷扰，尤不可名状。余思戒备固当，纷扰胡为者，即商诸船主，假会食处演剧娱客；所得剧资，概由船主代收，捐充红十字会经费。搭客闻此消息，无不转惊为喜，纷纷纳资购票。余乃在此死神临顶之关头，仍抱吾'无论如何'之素志，尽出吾技以娱嘉宾。而德国潜艇竟幸而未至，彼无数搭客之无限恐慌，亦竟为吾之'无论如何'轻轻抹过。"

余问："马丹嗓音清越，历久不坏，亦有保护之法否？"马丹曰："嗓音好坏，本属天然。然保护不力，天分虽佳，中年以后无不倒嗓者。余护嗓之法，首在不束胸以害肺，次则保持呼吸之平均，使肺中恒有充分之清鲜空气。至于饮食，余恒主宁少勿多，肉类尤非所嗜，然此与全体卫生有关，不仅肺喉二部也。"

马丹演剧，得资极多，然性好挥霍，金钱到手辄尽。余因问其对于财产之观念。渠谓："金钱与财产，实不能成为问题，吾苟需钱，但须演剧数月，即可得五六十万法郎。倘斤斤于居积，费却许多精神，转使可以化作适合人生之乐趣之金钱，居于绝对无用之地，自己凭空添出无限不适人生之烦恼，宁非大愚。"余曰："马丹以须钱之故，乃肯认真演剧；倘不必作事，而每年能有数百万法郎之入款，马丹将安坐而食耶？抑仍认真演剧耶？"曰："吾人作事，倘必有金钱驱策于其后，则其人必为一不知人生真趣之蠢物。然使果如君言，吾虽仍以劳动为乐，却只愿以一小部分之精力从事演剧，而以一大部分从事于雕刻与绘画，因雕刻绘画，事业较演剧略高，而成绩之流传于世间者，其时间也较为久远。故就实际言，吾以演剧为业，非出于中心之抉择，实为生活所驱策也。"余曰："愿马丹恕我此问：马丹于雕刻绘画二事，亦如演剧之性质相近否？"曰："比演剧尤近。"乃历举其成绩，谓一八七七年，制一图曰《阵雨之后》，经法国巴黎沙龙给予优等奖；后二年，又以云马石刻此图，形较小，鬻于伦敦，得价二千金；又有油画一幅，绘一妙龄女郎，手持棕榈数枝，独立作微笑状，英国莱顿勋士（Sir. Frederick Leighton）盛称之，后为比国李奥朴特亲王（Prince Leopold）购去。（以上三节，原文共一百五十余行，兹仅译其大意。）

普法战争之后，各处盛传马丹拒绝德皇事，谓"德皇欲延马丹至柏林演剧，马丹谢曰：'德皇，吾仇也，吾奈何以吾技娱吾仇？渠能举阿尔萨斯归吾法兰西者，仇立释；仇释，吾明日至柏林矣。'使者往还数次，马丹坚执其言，终不成议。"余问此说完全可信否，马丹曰："此中尚有传闻失实处。初，吾欲至阿尔萨斯演剧，德人以邀吾先至柏林演剧为交换条件，商量至数年之久，余终不许。后余以甚念阿尔萨斯州人，必欲一至其地，即自甘退让，先至柏林。在柏林开演数日之后，忽德皇使人来言，欲亲至院中观剧，余以坚决之辞谢使者曰：'为我代白凯撒，渠倘能以阿尔萨斯一州为吾演剧之代价，则如命。否则渠自前门入院，吾即自后门而逃，幸毋责我以大杀风景也。'德皇知余终不可强，果未至。又有一次，时在普法战争十年之后，余在哥本哈根（Copenhagen）演剧，一风度翩翩之德国大使，每日遣人以鲜花赠余，余一一却之。至演剧完毕之日，渠又开一极盛之夜宴会，为吾饯行。余觉情不可却，应约往，则在坐陪席者，均一时巨官贵妇。宴将毕，此不知趣之大使，举杯起立，高声言曰：'吾为此多才多艺之法国大女伶祝福，兼祝产此美人之法兰西！'余以其语意轻薄，立即报以冷语曰：'愿君为吾法兰西全体祝福，普鲁士大使先生！'于是宾主不欢而散。次晨五时许，余尚未起，忽为喧扰声惊醒，披衣出现，乃有德官一人，自称毕士麦之代表，声热汹汹，欲强余至大使馆谢罪。余冷笑曰：'速去，毋扰吾睡！有话可叫毕士麦或凯撒自己来说，谁与汝喋喋者！'德官无奈我何，竟沮丧去。"余笑曰："如马丹言，马丹殆善闹脾气者。"马丹曰："然。余生平不肯让人，遇不如意事，每易发怒。昔小仲马作《L'Etrangere》一剧，备吾演唱，既成，忽以剧名失之过激，有更改意。余闻而大怒，造其室，痛骂之，谓'汝敢易去一字母者，吾必与汝决斗！汝既摇笔为文，尚欲忘却本心，为敷衍他人地耶？'时仲马亦不肯退让，二人挥拳抵几，呶呶然出恶言互詈；争执达半日，各至力竭气喘，不能更发一言而罢。而剧名卒未改。（此下删去原文一百三十余行，所记均起居琐事。）

马丹恒自称为小儿。数年前，十月二十三日，为其六十七岁寿辰，渠谓贺者曰："诸公可取果饵来，且可亲我之吻。我已往所过六十年，今已不算，只从一岁重新算起。诸公对此七岁之老小儿，理当啖以果饵而亲其吻也。"贺者见其风趣如此，果如所言。

马丹之哲学思想，谓"无论何时何世，人类决不能各得其真正之适宜，因世间奇才异能之士，往往处于为人所用之低地位，而无丝毫之权力；其有权力以用之者，卒为全无才能之蠢物。是才能与权力，永远不能相遇，即永远不能得其适宜。质言之，凡有奇才异能者，都出其才能以为他人之奴隶，而换得区区一饱之代价。此种现象，无论政体社会有何变更，非至世界消灭之日不止。"

余问马丹对于战争之意见，其答语曰："战争为吾毕生最恨之名词，是为邪慝与耻辱与惨痛之混合物。凡一切盗窃与罪恶，一入战争时代，即可一概赦免，不复认为恶事，又从而提倡之，力行之，使为人类无上之光荣焉！"

余问对人之道如何，马丹曰："人生苦短，即臻上寿，亦决不能与全世界之人类一一接触。故吾辈对人当分二种，其能与吾辈接触之一小部分，即与吾辈生直接之爱恶关系者，吾辈可自审其爱恶之合于正义与否，而以相当之道待之。易言之，吾辈之生命，大半当消长于此等人之中也。其与吾辈不相接触之一大部分，无论善恶苦乐，均是路人，对待之法，只须牢记'恕而不忘'一语，多爱少恨而已。"马丹曰："余生平有一不肯抛弃希望不肯失却胆量之信念，无论何等难事，余必与对面为敌；无论何等重任，余必竭力担承之。"

余有一友，尝问马丹"人生最重要者是何事物？"其答语为"是工作与爱。能爱人，能爱生命，能爱工作，则君可永远不老。吾爱人，吾乃为人所爱。吾工作无已时，故吾年七十有一而犹为少年。"

六月三日，江阴

应用文之教授

钱玄同先生说过要做一篇关于应用文的文章，我等到今天还没有看见他做出，只得由我先来开口。但钱先生所要说的是应用文之全体，我所说的是应用文之教授：题目既有大小，说话也就各有不同了。

应用文与文学文，性质全然不同，有两个譬喻：一，应用文是家常便饭，文学文却是精美筵席；二，应用文是"无事三十里"随便走路，文学文乃是运动场上出风头的赛跑。

说到前辈先生教授国文的方法，我却有些不敢恭维。他们在科举时代做"猢狲王"的怪现状，现在不必重提；到改了学校制度以后，就教科书教授法两方面看起来，除初等小学一部分略事改良外，其余几乎完全在科举的旧轨道中进行，不过把"老八股"改作了"新八股"，实行其"换汤不换药"的敷衍主义，试看近日坊间所出书籍杂志，有几种简直是《三场围墨》的化身。

新八股便是钱先生所说的"高等八股"。若将文学改良问题撇开不说，此种新八股亦未始不可视为一种近乎正当的玩意儿；即使造了假古董全无用处，还尽可与着围棋、射文虎、打诗钟等末技共同存在。然而我要问：

第一，现在学校中的生徒，将来是否个个要做文学家？有无例外？

第二，与着围棋、射文虎、打诗钟价值相等的新八股，是否为人人必受之教育？

这两个问题如能完全"可决"，我这篇文章尽可不做。

否则我还要问：

第一，现在学校中的生徒，往往有读书数年，能做"今夫""且夫"或"天下者天下[人]之天下也"的滥调文章，而不能写通畅之家信，看普通之报纸杂志文章者，这是谁害他的？是谁造的孽？

第二，现在社会上，有许多似通非通一知半解的学校毕业生，学科学的往往不能译书，学法政的往往不能草公事，批案件，学商业的往往不能订合同，写书信，却都能做些非驴非马的小说诗词，在报纸上杂志上出丑。此等"谬种而非桐城，妖孽而非选学"的怪物，是谁造就出来的？是谁该入地狱？

诸位别怪我的话说得太激烈，这一等人我已亲眼看见了不少。当知无论干什么事，总须认清了路头，方有美满的成效。譬如一个人，天天不吃饭，专吃肥鱼大肉，定要害胃病；有了小孩子不教他好好走路，一下子便强迫他赛跑，定要跌断四肢，终身残废。

我从前也做过一年半载的教书先生，那时口讲指画，津津有味的，便是新八股。前文一大批话，若没有什么人肯赏收，便由昔日之我完全承认了罢。

去年秋季，我又做了教书先生了。那时因文学革命诸同志之所建议，及一己怀疑之结果，又因所教学生，将来大都不是要做文学家的，我便借此机会，为教授应用文之实验。虽将来成绩如何，目下全无把握，可自信没有走错了路头。

我在教授之前，即抱定宗旨：

不好高骛远，不讲派别门户，只求在短时间内，使学生人人能看普通人应看的书，及其职业上所必看的书，人人能作普通人应作的文章，及其职业上所必作的文章。更作一简括之语曰：实事求是。

既抱定此宗旨，故于授课之第一日，即将从前研究文学文与现在研究应用文不同之点，列一简明之表格，以示学生，且一一举例证明之；今仅录表格如下：

	字法	句法	章法
昔之所重而今当革除者	1. 用怪僻费解之字。（如用古字及古物名之类） 2. 借用不适当之字。（如字之通假及强以虚字作实字，实字作虚字之类） 3. 用不合义理之典故。	1. 讲骈俪 2. 讲古拙其敝之所极必至于不合文法。 3. 语意含混无一定之是非可否。 4. 不合逻辑。	1. （措辞）摹仿古人。 2. （立意）依附古人。
昔之所轻而今当注重者	1. 无论虚字实字，一一研究其正确之意义；作文时勿乱用，书时勿任滑过。 2. 字在句中，力求位置妥协，意义确定。	1. 骈散一任自然，务求句之构造不与文法相背。 2. 句句有着实之意义与力量。 3. 造句时处处施以逻辑的考核。	1. （措辞）说理通畅，叙事明了。 2. （立意）以自身为主体，而以古人或他人之说为参证，不主一家言。

以上是教授应用文的"开宗明义章第一"，以下可分作两项说：

第一项是选讲模范文章，这是蚕吃的桑叶，吃不着要饿死，吃了坏的是要害瘟病的。今分为选的方面与讲的方面，各别言之：

选的方面

1. 凡文笔自然，与语言之辞气相近者选，矫揉做作者不选。

2. 凡骈俪文及专以堆砌典故为事者不选。

3. 凡违逆一时代文笔之趋势，而刻意摹仿古人者，如韩愈《平淮西碑》之类，不选。

4. 凡思想过于顽固，不合现代生活，或迷信鬼神，不脱神权时代之习气者，不选。

5. 凡思想学说适于现代生活，或能与国外学说互相参证者选；其陈义过高，已入于哲学的专门研究范围者，不选；意义肤浅，而故为深刻怪僻之文以欺世骇俗者，如《扬子法言》之类，亦不选。

6. 卑鄙龌龊之应酬文，干禄文，不选。

7. 墓文不选；其为友朋或家属所撰，确有至性语者选。

8. 意兴枯索，及故为恬淡之笔，而其实并无微辞奥义者，不选。

9. 小品文字，即短至十数言，而确有好处，能自成篇幅者，亦选。

10. 文章内容，与学生专习之科目有关系者，选。

11. 记事文同一题目，而内容有详略或时代之不同；论辨文同一题目，而内容有全部或一部之反对；或题目虽不同，而所记所论，可以互相参证者，均酌选一篇为主篇，余为附篇。

12. 凡长篇文字，仅选读一节者，即以此节为主，其余为附，用字体分别，庶无任意割裂，首尾不完之弊。

讲的方面

1. 选定之文，均加标点符号，且分全文为若干段，或每段中复分为若干小段，便于学生之预备及自习。

2. 每讲一文，先命学生自行预备，上课时，仅就后方三至七条仔细解释之。

3. 作者所处时代之文学趋势如何；此时代之文学，优点如何，劣点如何；作者在此时代中所占地位如何；所讲之文，在其一生作品中所占地位如何。

4. 艰深之字义，费解之典故，均探求其来历及出处；其用于本文中之当与不当，与作文时能否仿用，亦详细说明。

5. 古奥之文句；依文法剖析之，且说明其合与不合，及作文时能否仿造。古人用字用典及造句，尽有谬误不宜盲从者，4、5两条尤应注意。

6. 所讲之文，如与学生专习之科目有关，则命学生自为比较的研究。

7. 前后所讲各文，如其内容、性质、文体等有互相类似或相反对者，一一比较说明之。

8. 讲述上列各条既毕，如学生于不讲处有未能明白者，许其自由发问；但一人发问，即以所问者向全体学生细讲之。

9. 文中如有引证或相关事实之过于冗长，必兼阅他书始能明白者，即指出书名，令学生自向图书馆借阅。

10. 将逐日所讲，另编《注解》一份，与《选本》分订，于每学年之末发给学生。

第二项是作文，我定了十二个注意事项，令学生于每次作文之前阅看一遍：

1. 题目要认得清楚，其主要处尤须着意。

2. 文宜分段；文中意义，当依照层次说出。

3. 下笔时应先将全篇大意想定，勿作一句想一句，做一段想一段。

4. 时时注意字意安适与否，文法妥协与否，立论合于逻辑与否。

5. 作文要有独立的精神，阔大的眼光；勿落前人窠臼，勿主一家言，勿作道学语及禅话。

6. 勿用古字僻字；字义有费解，或其真义未能了解者，宜检查字典，或以相当之习见字代之；字有古义今已不习用者，宜只用其习用之今义。

7. 不避俗字俗语，即全用白话亦可，要以记事明畅，说理透彻为练习作文第一趣旨。

8. 勿打滥调，勿作无谓之套语，勿故作生硬语；应用文最宜明白晓畅，凡古文家、四六家、八股家之恶习，宜一概革除。

9. 引证当详记出处，勿作"古人有言""西哲有言"等笼统语。

10. 应用文贵迅速，篇幅不逾五百字者，限两小时完篇；过五百字及有特别情形者，可酌量延长。

11. 篇幅不论长短，自一二百字至一二千字均可；要以不漏不烦，首尾匀称，精神饱满为合格。

12. 字体以明了为佳，亦不必过求工整，免费时刻。

这都是对学生说的话，在教授上，则分为出题批改两方面。

出题方面

1. 出一记事文或论文题目，令学生自由作文。
2. 说一段话，令学生笔述，不许增损原义。
3. 译白话文为文言文，或译文言文为白话文。
4. 译韵文为散文。
5. 令学生按"讲的方面"第6条自行研究，而将其结果撰为论文或笔记。
6. 以一段长冗之文字，令学生删繁就简，作为短文。
7. 就学生专习之学科，出种种应用题目，令其练习。
8. 以一段文字，抽去紧要虚字，令学生填补之。
9. 以一篇不通文字，或文理不通而意义尚佳之小说杂记等，令学生细心改订，不许搀入己意。
10. 以一篇文字，颠倒其段落字句，令学生校订之。
11. 以一段简短之文字，令学生演绎成篇。
12. 预先指定一书，或一书之一部分，交学生自行阅看，令其于看毕后提纲挈领，作为笔记，或加以论断。

批改方面

前辈先生批改学生文字，大约不出三途：

一种是专拍学生马屁，不问通与不通，把密密的圈儿圈到底，再加上个肉麻恶滥的批语；

一种是老气横秋的插烂污，在文卷上画了无数杠子，末了写上"不通""不知所云"等字便算办完公事；

一种是认真得无谓，他把学生的原作，改得体无完肤，面目全变，学生看了，却是莫名其妙。

今欲补救其失，每作一文，必批改二次。

1. 初次批改，只用种种记号，将文中弊病逐一指出；已定之记号，凡二十四种：各记号皆记于字右：遇记号不敷用时，则于字左加一直，而以"眉批"说明之。

2. 初次批改后，以原卷发还学生，令其互相研究，自行改正；有不能改，或虽有符号指出其弊病，而仍不能知其所以然者，许其详问。

3. 学生自行改订后，另卷誊真，乃为第二次批改。此次不用记号，竟为涂抹添补。至评判分数，则折衷于初作二作之间。

4. 第二次批改后，学生如仍有不明了处，仍许来问。我把学生作文应行注意的十二事，和二十四种记号，合印一本小册子。其空白处，填了些古人成语，亦颇有趣味，如——

"才学，便须知有着力处；既学，便须知有得力处。"——王守仁

"习于见闻之人，则事之虽非者，亦莫觉其非矣。"——薛王宣

"识度曾不及人，或乃竟为僻字涩句，以骇庸众，斫自然之元气；斯又才士之所同蔽，戒律之所必严。"——曾国藩

六年十一月，北平

辟《灵学丛志》

由南而北之"丹田"谬说，余方出全力捣击之；捣击之效验未见，而不幸南方又有灵学会，若盛德坛，若《灵学丛志》出现。

陈百年先生以君子之道待人，于所撰《辟灵学》文中，不斥灵学会诸妖孽为"奸民"，而姑婉其词曰"愚民"；余则斩钉截铁，劈头即下一断语曰"妖孽"，曰"奸民作伪，用以欺人自利。"

就余所见《灵学丛志》第一期观之，几无一页无一行不露作伪之破绽。今于显而易见者，除玄同所述各节外，略举一二，以判定此辈之罪状：——

（一）所扶之乩，既有"圣贤仙佛"凭附，当然无论何人可以扶得，何以"记载"栏中，一则曰"扶手又生"，再则曰"以试扶手"，甚谓"足征扶手进步，再练旬日，可扶《鬼神论》矣"，及"今日实无妙手，真正难扶"云云。试问所练者何事？岂非作伪之技，尚未纯熟耶？此之谓"不打自招！"（杨王睿《扶乩学说》中，言"扶乩虽童子或不识字者，苟宿有道缘，或素具虔诚之心，往往应验，"正是自打巴掌。）

（二）玉英真人《国事判词》中，言"吾民处旁观地位……尚望在位者稍知省悟……庶有以苏吾民之困……"试问此种说话，岂类"仙人"口吻！想作伪者下笔失检，于不知不觉之中，以自己之身份，为"仙人"之身份，致露出马脚耳。

（三）《性灵卫命真经》之按语中，言"此经旧无译本，系祖师特地编成"。既称无译本，又曰特地编成，其自相矛盾处，三尺童子类能知之。然亦无足怪。米南宫之法帖，既可一变而为米占元，则本此编辑滑头书籍之经验，何难假造一部佛经耶？

（四）佛与耶与墨，教义各不相同，乃以墨子为佛耶代表，岂佛耶两教教徒，肯牺牲其教义以从墨子耶？且综观所请一切圣贤仙佛中，并无耶教教徒到台，请问墨子之为耶教代表，究系何人推定？又济祖师《宗教述略》中，开首便言"耶稣之说，并无精深之理，不足深究其故"；中段又言耶教"盛极必招盈满之戒，如我教之当晦而更明也"。此明明是佛教与耶教起哄，墨子尚能以一人而充二教之代表耶？

（五）所谓圣贤仙佛，杂入无数小说中人。小说中人，本为小说家杜撰，藉曰世间真有鬼，此等人亦决无做鬼之资格。而乃拖泥带水，一一填入，则作伪者之全无常识可知。吾知将来如有西人到坛，必可请福尔摩斯探案，更可与迦茵马克调弄风情也！

（六）简章第九条谓"每逢星期六，任人请求医方，或叩问休咎疑难"，此江湖党"初到扬名，不取分文"之惯技也。下言"但须将问题先交坛长坛督阅过，经许可后，方得呈坛"，此则临时作伪不可不经之手续，明眼人当谅其苦心！

（七）关羽卫馪济颠僧等所作字画，均死无对证，不妨任意涂造，故其笔法，彼此相同，显系出自一人之手。唯岳飞之字，世间流传不少，假造而不能肖合，必多一破绽，故挖空心思，另造一种所谓"香云宝篆"之怪字代之，此所谓"鼫鼠五技而穷"。

（八）玉鼎真人作诗，"独行吟"三字，三易而成，吴稚晖先生在旁匿笑，乩书云："吾诗本随意凑成……不值大雅一笑也。"真人何其如此虚心，又何其如此老脸！想亦"扶手太生"，临场恍惚，致将拟就之词句忘却，再三修改，始能勉强"凑成"耳！

（九）丁福保以默叩事请答，乩书七绝一首，第一语为"红花绿柏几多年"，后三语模糊不能全读；后云，"此本不可明言，因君以默祷我故，余亦以诗一首报。"以此与第六项所举参观之，未有不哑然失笑者。

以上九节，均为妖人作伪之铁证，益以玄同文中所述各节，吾乃深恨世间之无鬼，果有鬼者，妖人辈既出其种种杜撰之伎俩以污蔑之，鬼必盐其脑而食其魂！至妖人辈自造之谬论，如丁福保谓禽兽等能鬼，丁某似非禽默，不知何由知之；又言鬼之行动如何，饮食如何，丁某似尚未堕入恶鬼道，不知何由知之（友人某君言，"丁某谓身死之后，一切痛苦，皆与灵魂脱离关系；信如某言，世间庸医杀人，当是无上功德"）；至俞复之谓"鬼神之说不张，国家之命遂促"；陆某之将其所作《灵魂与教育》之谬论，刊入《教育界》——《教育界》登载此文，正是适如其分；然使知识浅薄之青年见之，其遗毒如何？如更使外人调查中国事情者见之，其对于中国教育，及中国人之人格所下之评判又如何？——则吾虽不欲斥之为妖言惑众，不可得矣！

虽然，彼辈何乐如此？余应之曰，其目的有二，而要不外乎牟利：——

（一）为间接的牟大利，读者就其"记载"栏中细观之，当知其用意。

（二）为直接的牟小利，而利亦不甚小。中国人最好谈鬼，今有此技和嗜好之《灵学丛志》应运而生，余敢决其每期销数必有数千份之多，益以会友、会员、正会员、特别会员等年纳三元以至五十元之会费，更益以迷信者之"随意捐助"，岂非生财有大道耶？

呜呼！我过上海南京路吴舰光、倪天鸿之宅，每闻笙箫并奏，铙鼓齐鸣，未尝不服两瞽用心之巧，而深叹伏拜桌下之善男信女之愚！今妖人辈扩两瞽之盛业而大之，欲以全中国之士大夫为伏拜桌下之善男信女，想亦鉴夫他种滑头事业之易于拆穿，不得不谋一永久之生计。惜乎作伪之程度太低，洋洋十数万言之杂志，仅抵得《封神传》中"逆畜快现原形"一语！

七年四月，北京

实利主义与职业教育

前月中，半农回到江阴住了一个多月，时时同几位老友谈天。一天，有位吴达时先生喝醉了酒，忽然装作甲乙两人的口吻，"优孟衣冠"起来：——

（甲）好久不见，几时回来的？已毕业了？

（乙）侥幸侥幸，回来了一礼拜了。

（甲）下半年是？——

（乙）尚未定，尚未定。

（甲）那么，敝处有点小事，是个国民小学，不知肯屈就否？

（乙）国民小学——国民小学——亦可以！但是——权利……

（甲）那是很可笑的，只有年俸二百四十金，实在太亵渎了。

（乙）是，是。承情了，一定如此罢。若——

（甲）说到这层，实在因为敝处经济困难得很，只有年俸百金光景，亦许可以多些。则——

（乙）那么，真是太困难了。过一天再商量罢！

吴君说，这便是大教育家提倡实利主义的好结果！

又一天，我看见江苏省立某中学的杂志上有一段英文纪事，记的是某大教育家的演说：——

"Money ," said he , purse in hand , " is important to every

one , more important than anything else , because with it one can get anything in need and support one's life and family , how to earn a living , or to speak plainly , how to get money , is the vital question now-a-days。"

这段话，假使记载的人的英文程度高些，能做得古趣磅礴些，那就放入Charles Dickens的"A Christmas Carol"中，也可以冒充得Scrooge的话说了！

所谓职业教育与实利主义，我是向来极赞成，极愿提倡，断断不敢反对的。我常说：中国的社会与时局，所以闹得如此之糟，都是因为没职业的流氓太多的原故。"下等人"没有职业，所以要做贼，做强盗，做流氓，做拆白党；"中等人"没有职业，所以要做绅董，要开函授学校和滑头学校，要做黑幕派小说，要发行妖孽杂志；"上等人"没有职业，所以要做官，要弄兵，要卖国！假使职业教育竟能发达了，请问人人到了可以靠着体力脑力以求实利的一天，谁还愿意埋没了良心做那些勾当呢？

但是要提倡职业教育与实利主义，也该有个斟酌。

据我想：实施职业教育，当从学校实业两方面同时并进。学校一方面，是研究学问，务使学生毕业之后，能把校中所研究的东西应用在实业上，使种种实业，依着正当的程序，逐渐进步。实业一方面，除自己力图进步外，兼是个容纳各种学校所造就的人材的所在。能如此互相提携，社会岂有不进步之理？

现在却不然。工商各业，大都是半死不活，全无振作气象。偶然有什么地方开了一个局一个厂，总得先把大人先生八行书中的人物位置了，再把厂长局长的弟兄子侄小舅爷等位置了，夫然后这一个局一个厂才可以"开张骏发"起来！因此现在的学生（一班专门洒花露水用丝巾的可以不必说），无论所学的是工是商是文是理，真实学问不必求，却天天在那儿想：我毕业之后如何吃饭？有无大人先生替我写八行书？有无兄弟叔伯姊夫等可以做得局长厂长？那有这希望的固然很好，没这希望的，便不得不于毕业之后，悉数挤到教育界中去。教育界中早被一班师范生挤得水泄不通，再加上此辈去，供过于求，如何容纳得下？容纳不下，所以要开函授学校和滑头学校，所以要做"黑幕派"的小说，所以要发行妖孽杂志！

至于学校方面，职业教育四个字，早已闹成了风气了。然而实际上，恐怕非但不能"职业"，并且还要妨害"教育"。我的意思，以为农业商业工业等学校，固然是职业教育；便是普通的中小学校，也未尝不是职业教育。因为前者所养成的人材，可以直接有益于各种实业；后者所养成的人材，也可以把他的学问心得，间接应用到实业上去。所以我们对于学校的观察，只要问它的功课好不好，不必问它的性质如何，所注重的是什么；只要问它能不能"教育"，不必问它"职业"不"职业"。无如现在的教育大家，计不出此，却在所有一切中小学校里，加了些烧窑，织席，做藤竹器……等功课，以为能如此，便是职业教育；再把"money"一个字，天天开导学生，以为能如此，便是实利主义。我想职业教育和实利主义，恐怕未必如此容易罢！

青年应该作工，本志（《新青年》）二卷二号吴稚晖先生的《青年与工具》一文中早已论过；然而这是青年应有的常识，并不是一种特别的教育。若要当作一种特别的教育看，请问各学校所请的烧窑，织席，做藤竹器……的教师，还是专门的工业家呢,还是普通的工人?学校中所讲的科学,如英文,算学,物理,化学(以及《古文辞类纂》!)等,是否与烧窑织席有关?学生毕业之后,能否应用所习的科学,去改良烧窑织席?如其这几个问题多能可决,那便算作职业教育的"具体而微",也未尝不可;如其否决,则在学生一方面,是分出研究科学的精神来,去拜那无知识的窑匠席做老师,却又始终做不成窑匠席匠;在学校一方面,不过在教室之外,兼办一个习艺所!

岂能算得什么职业教育?

至于实利主义,是一种最高尚的精神陶养:当把人类生存和社会结合的原理,渐渐的灌输到学生脑筋里去,方能有效;决不是手里拿了个皮夹,多叫两声"money"便算了事的。若竟如某君所说的" with it one can get anything in need"和" how to get money is the vital question now-a-days ."那就无怪乎袁世凯要拿出钱来制造他所需要的皇冕,更无怪乎洪述祖应桂馨为了赚钱问题,肯替别人去杀人了!

唯其我极赞成实利主义和职业教育,所以要不满意于现在的实利主义和职业教育。

七年八月三日,北京

"作揖主义"

沈二先生与我们谈天，常说生平服膺《红》《老》之学。《红》，就是《红楼梦》；《老》，就是《老子》。这《红》《老》之学的主旨，简便些说，就是无论什么事，都听其自然。听其自然又是怎么样呢？沈先生说："譬如有人骂我，我们不必还骂；他一面在那里大声疾呼的骂人，一面就是他打他自己。我们在旁边看着，也很好，何必费着气力去还骂？又如有一只狗，要咬我们，我们不必打它，只是避开了就算；将来有两只狗碰了头，自然会互咬起来。所以我们做事，只须抬起了头，向前直进，不必在这抬头直进四个字以外，再管什么闲事；这就叫作听其自然，也就是《红》《老》之学的精神。"我想这一番话，很有些同托尔司太的不抵抗主义相像，不过沈先生换了个《红》《老》之学的游戏名词罢了。

不抵抗主义我向来很赞成，不过因为有些偏于消极，不敢实行。现在一想，这个见解实在是大谬。为什么？因为不抵抗主义面子上是消极，骨底里是最经济的积极。我们要办事有成效，假使不实行这主义，就不免消费精神于无用之地。我们要保存精神，在正当的地方用，就不得不在可以不必的地方节省些。这就是以消极为积极：不有消极，就没有积极。既如此，我也要用些游戏笔墨，造出一个"作揖主义"的新名词来。

"作揖主义"是什么呢？请听我说：——

譬如早晨起来，来的第一客，是位前清遗老。他拖了辫子，弯腰曲背走进来，见了我，把眼镜一摘，拱拱手说："你看！现在是世界不像世界了：乱臣贼子，遍于国中，欲求天下太平，非请宣统爷正位不可。"我急忙向他作了个揖，说："老先生说的话，很对很对。领教了，再会罢。"

第二客，是个孔教会会长。他穿了白洋布做的"深衣"，古颜道貌的走进来，向我说："孔子之道，如日月经天，江河行地。现在我们中国，正是四维不张，国将灭亡的时候；倘不提倡孔教，昌明孔道，就不免为印度、波兰之续。"我急忙向他作了个揖，说："老先生说的话，很对很对，领教了，再会罢。"

第三客，是位京官老爷。他衣裳楚楚，一摆一踱的走进来，向我说："人的根，就是丹田。要讲卫生，就要讲丹田的医生。要讲丹田的医生，就要讲静坐。你要晓得，这种内功，常做了可以成仙的呢！"我急忙向他作了个揖，说："老先生说的话，很对很对。领教了，再会罢。"

第四五客，是一位北京的评剧家，和一位上海的评剧家，手携着手同来的。没有见面，便听见一阵"梅郎""老谭"的声音。见了面，北京的评剧家说："打把子有古代战术的遗意，脸谱是画在脸孔上的图案；所以旧戏是中国文学美术的结晶。"上海的评剧家说："这话说得不错呀！我们中国人，何必要看外国戏；中国戏自有好处，何必去学什么外国戏？你看这篇文章，就是这一位方家所赏识的；外国戏里，也有这样的好处么？"他说到"方家"二字，翘了一个大拇指，指着北京的评剧家，随手拿出一张《公言报》递给我看。我一看那篇文章，题目是"佳哉剧也"四个字，我急忙

向两人各各作了一个揖,说:"两位老先生说的话,很对很对。领教了,再会罢。"

第六客是个玄之又玄的鬼学家。他未进门,便觉阴风惨惨,阴气逼人,见了面,他说:"鬼之存在,至今日已无丝毫疑义。为什么呢?因为人所居者为'显界',鬼所居者,尚别有一界,名'幽界'。我们从理论上去证明它,是鬼之存在,已无疑义。从实质上去证明它,是搜集种种事实,助以精密之器械,继以正确之试验,可知除显界外,尚有一幽界。"我急忙向他作了个揖,说:"老先生说的话,很对很对,领教了,再会罢。"

末了一位客,是王敬轩先生。他的说话最多,洋洋洒洒,一连谈了一点多钟。把"中学为体,西学为用"八个字,发挥得详尽无遗,异常透彻。我屏息静气听完了,也是照例向他作了个揖,说:"老先生的话,很对很对。领教了,再会罢。"

如此东也一个揖,西也一个揖,把这一班老伯,大叔,仁兄大人之类送完了,我仍旧做我的我:要办事,还是办我的事;要有主张,还仍旧是我的主张。这不过忙了两只手,比用尽之心思脑力唇焦舌敝的同他们辩驳,不省事得许多么?

何以我要如此呢?

因为我想到前清末年的官与革命党两方面,官要尊王,革命党要排满;官说革命党是"匪",革命党说官是"奴"。这样牛头不对马嘴,若是双方辩论起来,便到地老天荒,恐怕大家还都是个"缠夹二先生",断断不能有什么谁是谁非的分晓。所以为官计,不如少说闲话,切切实实想些方法去捉革命党。为革命党计,也不如少说闲话,切切实实想些方法去革命。这不是一刀两断，最经济最爽快的办法么？

我们对于我们的主张，在实行一方面，尚未能有相当的成效，自己想想，颇觉惭愧。不料一般社会的神经过敏，竟把我们看得像洪水猛兽一般。既是如此，我们感激之余，何妨自贬身价，处于"匪"的地位；却把一般社会的身价抬高——这是一般社会心目中之所谓高——请他处于"官"的地位？自此以后，你做你的官，我做我的匪。

要是做官的做了文章，说什么"有一班乱骂派读书人，其狂妄乃出人意表。所垂训于后学者，曰不虚心，曰乱说，曰轻薄，曰破坏。凡此恶德，有一于此，即足为研究学问之障，而况兼备之耶？"我们看了，非但不还骂，不与他辩，而且还要像我们江阴人所说的"乡下人看告示"，奉送他"一篇大道理"五个字。为什么？因为他们本来是官，这些话说，本来是"出示晓谕"以下，"右仰通知"以上应有的文章。

到将来，不幸而竟有一天，做官的诸位老爷们额手相庆曰："谢天谢地，现在是好了，洪水猛兽，已一律肃清，再没有什么后生小子，要用夷变夏，蔑污我神州四千年古国的文明了。"那时候，我们自然无话可说，只得像北京括（刮）大风时坐在胶皮车上一样，一壁叹气，一壁把无限的痛苦尽量咽到肚子里去；或者竟带了这种痛苦，埋入黄土，做蝼蚁们的食料。

万一的万一竟有一天变作了我们的"一千九百十一年十月十日"了，那么，我一定是个最灵验的预言家，我说：那时的官老爷，断断不再说今天的官话，却要说："我是几十年前就提倡新文明的，从前陈独秀、胡适之、陶孟和、周启明、唐元期、钱玄同、刘半农诸先生办《新青年》时，自以为得风气

之先,其时我的新思想,还远比他们发生得早咧。"到了那个时候,我又怎么样呢?我想,一千九百十一年以后,自称老同盟的很多,真正的老同盟也没有方法拒绝这班新牌老同盟。所以我到那时,还是实行"作揖主义",他们来一个,我就作一个揖,说:"欢迎!欢迎!欢迎新文明的先知先觉!"

七年九月,北京

半农发明这个"作揖主义",玄同绝对的赞成;以后见了他们诸公,也要实行这个主义。因为照此办法,在我们一方面,可以把宝贵的气力和时间不浪费于无益的争辩,专门来提倡除旧布新的主义;在他们诸公一方面,少听几句逆耳之言,庶几宁神静虑,克享遐龄,可以受《褒扬条例》第九款的优待;这实在是两利的办法。至于"到了万一的万一"那一天,他们诸公自称为新文明的先觉,是一定的;我们一会欢迎新文明的先觉,是对于老前辈应尽的敬礼,那更是应该的。

玄同附记

她字问题

有一位朋友,看见上海新出的《新人》杂志里登了一篇寒冰君的《这是刘半农的错》,就买了一本寄给我,问我的意见怎么样。不幸我等了好多天,不见寄来,同时《新青年》也有两期不曾收到,大约是为了"新"字的缘故,被什么人检查去了。

幸亏我订了一份《时事新报》,不多时,我就在《学灯》里看见一篇孙祖基君的《她字的研究》,和寒冰君的一篇《驳〈她字的研究〉》。于是我虽然没有能看见寒冰君的第一篇文章,他立论的大意,却已十得八九了。

原来我主张造一个"她"字,我自己并没有发表过意见,只是周作人先生在他的文章里提过一提;又因为我自己对于这个字的读音上,还有些怀疑,所以用的时候也很少(好像是至今还没有用过,可记不清楚了)。可是寒冰君不要说,"好!给我一骂,他就想抵赖了!"我决不如此怯弱,我至今还是这样的主张;或者因为寒冰君的一驳,反使我主张更坚。不过经过的事实是如此,我应当在此处声明。

这是个很小的问题,我们不必连篇累牍的大做,只须认定了两个要点立论:一,中国文字中,要不要有一个第三位阴性代词?二,如其要的,我们能不能就用"她"字。

先讨论第一点。

在已往的中国文字中,我可以说,这"她"字无存在之

必要；因为前人做文章，因为没有这个字，都在前后文用关照的功夫，使这一个字的意义不至于误会，我们自然不必把古人已做的文章，代为一一改过。在今后的文字中，我就不敢说这"她"字绝对无用，至少至少，总能在翻译的文字中占到一个地位。姑举一个例：

她说，"他来了，诚然很好；不过我们总得要等她。"

这种语句，在西文中几乎随处皆是，在中国口语中若是留心去听，也不是绝对听不到。若依寒冰君的办法，只用一个"他"字：

他说，"他来了，诚然很好，不过我们总得要等他。"

这究竟可以不可以，我应当尊重寒冰君的判断力。若依胡适之先生的办法，用"那个女人"代替"她"（见《每周评论》，号数已记不清楚了），则为：

那个女人说，"他来了，诚然很好；不过我们总得要等那个女人。"

意思是对的，不过语气的轻重，文句的巧拙，就有些区别了。

寒冰君说，"我""汝"等字，为什么也不分起阴阳来。这是很好的反诘，我愿读者不要误认为取笑。不过代词和前词距离的远近，也应当研究。第一二两位的代词，是代表语者与对语者，其距离一定十分逼近；第三位代表被语句，却可离得很近。还有一层，语者与对语者，是不变动，不加多的；被语者却可从此人易为彼人，从一人增至二人以上。寒冰君若肯在这很简易的事实上平心静气想一想，就可以知道"她"字的需要不需要。

需要与盲从的差异，正和骆驼与针孔一样。法文中把无生物也分了阴阳，英文中把国名，船名，和许多的抽象名，都当作阴性，阿拉伯文中把第二位代词，也分作阴阳两性；这都是从语言的历史上遗传下来的，我们若要盲从，为什么不主张采用呢？（我现在还觉得第三位代词，除"她"字外，应当再取一个"它"字以代无生物；但这是题外的话，现在姑且不说。）

此上所说，都是把"她"字假定为第三位的阴性代词；现在要讨论第二点，就是说，这"她"字本身有无可以采用的价值。关于这一点，可以分作三层说明：

一、若是说，这个字，是从前没有的，我们不能凭空造得。我说，假使后来的人不能造前人未造的字，为什么无论哪一国的字书，都是随着年代增加分量，并不要永远不动呢？

二、若是说，这个字，从前就有的，意思可不是这样讲，我们不能妄改古义。我说，我们所做的文章里，凡是虚字（连代词也是如此），几乎十个里有九个不是古义。

三、若是说，这个字自有本音，我们不能改读作"他"音。我说，"她"字应否竟读为"他"，下文另有讨论；若说古音不能改，我们为什么不读"疋"字为"胥"，而读为"雅"，为"匹"？

综合这三层，我们可以说，我们因为事实上的需要，又因为这一个符号，形式和"他"字极像，容易辨认，而又有显然的分别，不至于误认，所以尽可以用得。要是这个符号是从前没有的，就算我们造的；要是从前有的，现在却不甚习用，变做废字了，就算我们借的。

最困难的，就是这个符号应当读作什么音？周作人先生不用"她"而用"伊"，也是因为"她"与"他"，只能在眼中显出分别，不能在耳中显出分别，正和寒冰君的见解一样。我想，"伊"与"他"声音是分别得清楚了，却还有几处不如"她"：一，口语中用"伊"字当第三位代词的，地域很小，难求普通；二，"伊"字的形式，表显女性，没有"她"字明白；三，"伊"字偏近文盲，用于白话中，不甚调匀。我想，最好是就用"她"字，却在声音上略略改变一点。

"他"字在普通语区域中，本有两读：一为t'a用于口语；一为t'uo，用于读书。我们不妨定"他"为t'a，定"她"为t'uo；改变语音，诚然是件难事，但我觉得就语言中原有之音调而略加规定，还并不很难。我希望周先生和孙君，同来在这一点上研究研究，若是寒冰君也赞成"她"字可以存在，我也希望他来共同研究。

孙君的文章末了一段说，"她"字本身，将来要不要摇动，还是个问题，目下不妨看作X。这话很对，学术中的事物，不要说坏的，便是好的，有了更好，也就要自归失败，那么，何苦霸占！

寒冰君和孙君，和我都不相识。他们一个赞成我，一个反对我，纯粹是为了学术，我很感谢；不过为了讨论一个字，两下动了些感情，叫我心上很不安，我要借此表示我的歉意。

寒冰君说，"这是刘半农的错"！又说，"刘半农不错是谁错？"我要向寒冰君说：我很肯认错；我见了正确的理解，感觉到我自己的见解错了，我立刻全部认错；若是用威权来逼我认错，我也可以对于用威权者单独认错。

九年六月六日，伦敦

打　雅

这年头儿"打"字是很时髦的。你看,十五年来,大有大打,小有小打,南有南打,北有北打,早把这中华民国打得稀破六烂,而呜他妈呼,打的还在打!

无论那一种语言里总有几个意义含混的"混蛋字",有如英语中的"take"与"get",法语中的"Prendre"与"rendre"。我们中国语里,这"打"字也就混蛋到了透顶。

现在把它的种种不同的用法,就我想到它,写出几个来。

"打"字从"手""丁"声其原义当然就是"打一个嘴巴""打破饭碗""打鼓骂曹"的"打"。与这原义全不相干的用法,却有:

一、打电话,用电话机说话也。

二、打电报,拍发电报也。

三、打千里镜,用千里镜望远也。

四、打样(一),画图样也。

五、打样(二),印刷时先印出一张样子备校对也。

六、打样(三),上海话,店铺每晚收铺也。

七、打样(四),上海话,店铺关门大吉也。

八、两人打得火热,相交得火热也。

九、打水线,轮船行至浅水处时,用线垂入水中,测水之深度也。

十、打不到底——打不到头,抵不到底,抵不到头也。

十一、打算盘（一），用算盘计算也。

十二、打算盘（二），考量也，计算也。例：他在这件事上打小算盘。

十三、打算（一），意欲也，拟也。例：我打算明天去看他。

十四、打算（二），计量也。例：你的事我还没有好好打算一下。

十五、打结，挽成结也。

十六、打酒（一），买酒也。例：他拿子壶上街去打酒。

十七、打酒（二），置酒于盛酒之器中也。例：伙计！给我打半斤酒来。

十八、打秋风——或作打抽丰，想些法儿敲人家一个小竹杠也。

十九、打板子——或作打班子，南方语，发疟疾也。

二十、打听，探听也。

二十一、打扰——打搅，叨扰也。

二十二、打坐，禅家语，静坐蒲团也。

二十三、打斋，禅家语，化斋也。

二十四、打早，趁早也。例：天气很热，得打早动身。

二十五、打趣，南方语，嘲弄也。

二十六、打诨，说趣话哄笑也。

二十七、打闹，作伴免却冷静也。

二十八、打招呼，互相招呼也。

二十九、打边——打头——打底，在旁边，在头上，在底里也。

三十、打底（二），上海妓院中语，娘姨大姐代倌人

三十一、打调子，作文章哼调子也。

三十二、打脸，脸上画花文也。

三十三、打手，巾绞手巾也。

三十四、打后镜，南方语，妇女梳妆，用镜子二个，一前置，一后擎，使照出自己后容也。

三十五、打呵欠，作呵欠也。

三十六、打磕冲——或言打盹瞌睡去。

三十七、打冷呃，胃中冷气逆上也。

三十八、打杂作杂事也。

三十九、打牌，玩牌也。

四十、打出一张牌，发出一张牌出。

四十一、打十块底，以十块为一底作输赢也。

四十二、打现钱——打欠账，以现钱或欠账作输赢也。

四十三、打头，抽头钱也。

四十四、打灯谜，猜灯谜也。

四十五、打闲，不做事而在旁凑清趣也。

四十六、打闲，吃闲饭之人也。

四十七、打格，南方语，兜卖也。

四十八、打赖账，抵赖也，欠账不还也。

四十九、打炮子，吸鸦片时烧烟膏为烟炮也。

五十、打炮，伶界语，客串也。

五十一、打把子，伶界语，摆把子也。

五十二、打叶子，伶界语，旋叶子也。

五十三、打票，轮船火车中用之，买票也。

五十四、打抱不平抱不平也。

五十五、打胎，堕胎也。

五十六、打格子，画格子也。

五十七、打脸水，舀脸水也。

五十八、打官司，涉讼也。

五十九、打官话，说官话，走方路也。

六十、不打紧，无关紧要也。

六十一、打雷，雷鸣也。

六十二、打伙，作伴也。

六十三、铁打的，犹言铁做的。例：你脑袋不是铁打的！

六十四、打通，开通也。例：打通那院子。

六十五、定打，定造也。例：定打首饰；定打木器。

六十六、打辫子，编成辫子也。

六十七、打发，遣发也。

六十八、打主意，立主意也。

六十九、打点，整顿安排也。

七十、打起精神，做事提起精神也。

七十一、打一个圈子，兜一个圈子也。

七十二、打嚏，喷嚏也。

七十三、打岔，从旁捣乱也。

七十四、打边鼓，从旁作声援也。

七十五、打稿，起草也。例：让我打起腹稿来。

七十六、打鼾，发鼾声也。

七十七、把这张纸打成三寸长一寸阔的条子，开成条子也。

七十八、禅门第一戒是不打谎语，不说谎语也。

七十九、打这儿走——打那儿走，从这儿走，从那儿走也。

八十、打扮，妆扮也。

八十一、打三分利，照三分利率算也。

八十二、打了个照面，对面相值也。

八十三、打照会（一），办照会也。

八十四、打照会（二），上海语，打招呼也。

八十五、打照会（三），上海流氓语，男女眉目传情也。

八十六、打醮，建醮也。

八十七、打伴，南方语作打陶，作伴也。

八十八、打雄，南方语，动物性交也。

八十九、不打在账里算，不放在账里算也。

九十、打浆，用面粉加水，作成浆也。

九十一、用肥皂打，打干净，洗洗干净也。

九十二、打包，捆成一包也。

九十三、打眼，钻孔也。

九十四、打帘子，掀帘子也。

九十五、打印，盖印也。

九十六、打扫粪除也。

九十七、打铺盖，捆铺盖也，滚蛋回家也。

九十八、打得好根基，立得好根基也。

九十九、打量，估量也。

一百、打滚，翻滚也。例：在地上打滚。

信手写来已经写到一百，可以"打住"了。

吓！"打住"，这又是一百○一了。一百○一是西人最喜欢的数目，这个年头，总以少吃洋屁为是，于是我乃由一百○一进而为一百○二、打………

哎哟！打什么呢？这个方方如何填补呢？小子江郎才尽，只得请教我的好朋友"某君"了。"某君"是声韵文字学的专门名家，而且还有一件事，叫作"打什么"，也是他自命不凡的，就请他来敬谨填讳罢！

四方仁人君子有愿作"续打雅"的么？请寄来，很欢迎。如果是方言的，请注明是什么地方的方言，注释也请特别详细些。

十五年十一月二十日

（从那时起，直到现在，我搜集到的关于"打"字的词头，已有八千多条了。二十一年八月二十二日附记）

"好好先生"论

当任可澄将要上台做教育总长的时候,一天,我同适之在某处吃饭。我因任可澄这三个字好像有些不见经传——其实是我读的经传太少——就问适之:你看这人怎样?不要上了台也同老虎一样胡闹吗?适之说:"不会不会!他决不会!他是个好好先生。"

后来,好像又在什么报上看见记任可澄的事,说你做省长多年,调动的知事只有两三个。

其实调动知事的多少,我是绝对不要注意的。不过,拿这件事来做参考,似乎适之所说的好好先生一句话,总还有点可靠。

好好先生也并不是什么一个大不了的考语;换句话说,只是个"全无建白的庸人";译作白话,乃是"糊里糊涂的大饭桶"。

但是,在这个年头儿,白米饭吃不饱,窝窝头也就可以将就;鸦片烟吃不着,吞上皮也就可以过瘾。所以,苟其任可澄真是好好先生,可就算啦!

于是我就睁着眼睛来看这位好好先生:

他第一个下马威,便是用武力接收女师大。

第二件事,便是他上台之后没有筹到一个子儿,却要分润别所筹到的钱。

再次一件大事,便是活活的烧死了两个女生。

再次一件事便是不能为中小学筹钱，反从中捣乱，闹出京保两派的大风潮。

抹去零的不说，单说这四件事，也就够了罢。

或曰：任可澄屡次说过"以人格为担保"这一句话，他的人格既已做了担保品不放在自己家里，也就难于怪他。

如此说，他可真是个公而忘私的好好先生呢！

十五年十二月五日，北京

老实说了吧

老实说了吧，我回国一年半以来，看来看去，真有许多事看不入眼。当然，有许多事是我在外国时早就料到的，例如康有为要复辟，他当然一辈子还在闹复辟；隔壁王老五要随地吐痰，他当然一辈子还在哈而啵；对门李大嫂爱包小脚，当然她令爱小姐的丫子日见其金莲化。

但如此等辈早已不打在我们的账里算，所以不妨说句干脆话，听他们去自生自灭，用不着我们理会。若然他们要加害到我们——譬如康有为的复辟成功了，要叫我们留辫子，"食毛践土"——那自然是老实不客气，对不起！

如此等辈既可以一笔勾销，余下的自然是一般与我们年纪相若的，或比我们年纪更轻的青年了。

我不敢冤枉一般的青年，我的确知道有许多青年是可敬，可爱，而且可以说，他们的前途是异常光明的，他们将来对于社会所建立功绩，一定是值得纪录的。

但我并不敢说凡是中国的青年都是如此，至少至少，也总可以找出一两个例外来。

我所说看不入眼的，就是这种的例外货。

瞧，这就是他们的事业：

功是不肯用的，换句话说，无论何种严重的工作，都是做不来的。旧一些的学问么，那是国渣，应当扔进茅厕；那么新一些的罢，先说外国文，德法文当然没学过，英文呢，似乎识得几句，但要整本的书看下去，可就要他的小命。至于专门的学问，那就不用提，连做敲门砖的外国文都弄不来，还要说到学问的本身么？

事实是如此，而"事业"却不可以不做，于是乎轰轰烈烈的事业，就做了出来了。

文句不妨不通，别字不妨连篇，而发表则不可须臾缓。

有什么了不得的东西可以发表呢？有！——悲哀，苦闷，无聊，沉寂，心弦，蜜吻，A姊，B妹，我的爱，死般的，火热的，热烈地，温温地……颠而倒之，倒而颠之，写了一篇又一篇，写了一本又一本。

再写一些好了，悲哀，苦闷，无聊……又是一大本。

然而终于自己也觉得有些单调了，于是乎骂人。

A是要不得的；B从前还好，现在堕落的不可救药的了；再看C罢，我说到了他就讨厌，他是什么东西！……这样那样，一凑，一凑又是一大本。

叫悲哀最可以博到人家的怜悯，所以身上穿的是狐皮袍，口里咬的是最讲究的外国烟，而笔下悲鸣，却不妨说穷得三天三夜没吃着饭。

骂人最好不在人家学问上骂，因为要骂人家的学问不好，自己先得有学问，自己先得去读书，那是太费事了。

最好是说，这人如何腐败，如何开倒车，或者补足一笔，这人的一些学问，简直值不得什么，不必理会。这样，如其人家有文章答辩，那自然是最好；如其人家不采，却又可以说，瞧，不是这人给我骂服了！总而言之，骂要骂有名一点的，骂一个有名的，可以抵骂一百个无名的。因为骂人的本意，只是要使社会知道我比他好，我来教训他，我来带他上好的路上去。所以他若是个有名人，我一骂即跳过了他的头顶。

既然是"为骂人而骂人"，所以也就不妨离开了事实而瞎骂。我要骂A先生的某书是狗屁，实际我竟可以不知道这书是一本还是两本。我要骂B先生住了高大洋房搭臭架子，实际他所住的尽可以是简陋的小屋——这也是他的错，他应当马上搬进高大洋房以实吾言才对。

哎哟，算了吧，我对于此等诸公，只有"呜呼哀哉"四字奉敬。

你们口口声声说努力于这样，努力于那样，实际你们所努力的只是个"无有"。

你们真要做个有用的青年么？请听我说：

第一，你们应当在诚实上努力，无论道德的观念如何变化，却从没有把说谎当作道德的信条的。请你们想想，你们文章中，自假哭以至瞎跳瞎骂，能有几句不是谎？

第二，你们要做人，须得好好做工，懒惰是你们的致命伤。你要到民间去么，扛上你的锄头；你要革命么，扛上你的枪；你要学问么，关你的门，读你的书；你要做小说家做诗人么，仔细的到社会中去研究研究，用心看看这社会，是不是你们那一派百写不厌的悲哀，苦闷，无聊，……等滥调所能描写得好，发挥得好的。再请你看一看各大小说家大诗人的作品，是不是你们的那一路货！

算啦，再说下去也自徒然，我又何必白费？新年新岁，敬祝诸君好自为之！

十六年一月十日，北京

为免除误会起见

为免除误会起见，我对于我那篇《老实说了吧》不得不有一番郑重的声明。

我那篇文章是受了一种刺激以后一气呵成的，所以话句上不免有说得过火的地方。但当时自己并不觉得，到登出以后才懊悔起来。所以懊悔者，恐怕人家没有看见文章的内容，而只把眼睛注射在我的情感上，结果是引不起人家的共鸣，而反要惹起人家的反抗。

而不幸事实竟是如此。

因此我不得不郑重声明那篇文章中语调之过火，而且表示歉意。

但对于文章的内容，我也应当用另一种形式的话句，重新写出。

我的意见只是如此：

一、书是总要读的。若说"国渣"应当扔进茅厕，便是研究"洋粹"也应当先懂得洋文。

二、书是要整本整本读的，若是东捞西摸，不求甚解，只要尝些油汤，那是不能有好结果的。

三、要做文艺创作家，应当下切实的工夫，决不是堆砌些词头就完事的。

四、记载或描写事物，态度应当诚实。

五、评论或骂人，应当根据事实。

我所要说的话只是这几句。

我所希望于今之青年者，乃是要有一个"康健的心"，不是要有一个"病态的心"。

以有"病态的心"的人而能做成伟大的作家的，世界上也有过不少，例如美国的阿伦波，英国的勃雷克，法国的布特莱尔等等。但这只能算例外，并不能说凡是伟大的作家，都该有一颗病态的心；而且心的病态，是要出于自然的，不是可以强学的，强学了就是"东施效颦"。例如英国的王尔德，以他那种文采与才华，若是向文学的正途上走去，其成功必异常伟大，不幸他专门装腔作势的做了些"假神秘"的作品，所以到底只成了个二等的作家。这是文学史上的情实，并不是我凭空假造的。

我把我的正意简单说明了。乐意批评我的，就请在这些话上研究。要是能有理由将我所说各条驳翻，我就马上服从。要是没有理由驳我而只是蛮反对，我也并不坚持着要把我的见解做到大统一的地步。我们对于社会，只是在能于贡献些什么的时候，便贡献些什么。至于社会愿不愿承受，乃是社会自有的特权，我们无从勉强的。

那篇《老实说了吧》发表以后，已经有了两篇反响的文章，可惜就没有批评内容，只是反对我个人。但即就反对我个人而论，也犯了骂人不根据事实的毛病。说我回国之后除译过几首民歌而外就没有做什么，这是事实么？说我七八年以前的名字是"伴"侬，这是事实么？说我七八年以前是摹仿林黛玉贾宝玉的文妖——幸而还只是七八年，原书尚可找到，请查到了我摹仿林贾的文字再说（若说我的文字曾与文妖们的同登在一种杂志或报章上，就应当以文妖论，自然我也无话可说）。至于篇中无端的用起"醒狮"等字样来，似乎要把我同曾琦拉在一起，实在太客气了，何不竟就我说要复辟呢？此等文字，似乎我可以不必答辩吧。

十六年一月十二日，北京

以上两篇文章发表之后，参加讨论这问题的有好几十人，所作文字，有一部分是寄给我的，由我登入我所编的《世界日报副刊》（赞成反对的都有），另一部分以痛骂我个人为目的，则由某君主编，登入当时某政客所办的《每日评论》；后一篇文章，便是这个问题的总结束。

二十一年八月二十二日，附记

"老实说了"的结束

关于"老实说了"的文章，登到昨天已登了十八篇了。剩下的稿子虽然还有三五篇，却因内容大致是相同的，不打算发表了。（只有杜棠君的一篇《为老实说了罢注释》，说我之所以要做《老实说了罢》，由于《幻洲》第六期中潘某骂我之不根据事实，意想似乎别致些。其实这个揣想是不尽真确的。潘某之骂人，并不必到了第六期中才没有根据事实。他说我的《扬鞭集》用中国装订是钉徐志摩的梢，早就大错。新书用旧装，起于我的《中国文法通论》。这书出版于民国八年。并不像宋版元版那样渺茫，而潘某竟没有看见，是诚不胜遗憾之至！）

登了这么些的文章，要说的话似乎都已给人家说尽，我要再说几句，的确很难。但不说几句又不好，无可如何，只能找几句人家没有说过的话说一说。

我说：这回的讨论，结果是当然不会有的。但结果尽可以没有，而能借此对于青年们的意志作一番测验工夫，也就不能说不上算。

于是，我就不得不对于干脆老实的蒋缉安先生大表敬意了。他痛痛快快的说：书不必读，更不要说整本整本；要做文艺创作家，舍堆砌辞头而外无他法；描写或记载事物，态度不必诚实。这种话，要是"青年"们早就大书特书的宣布出来，我们也早就把他们认清了。不幸他们没有，直到我的文章出现了才由蒋先生明白说出,虽然迟了一点,究竟还是我们的运气。

不过,在这一点上,我对于我的老朋友岂明先生不免要不敬一下。他以为我的话是老生常谈,同吃饭必须嚼碎一样普通;他看见了蒋先生的话,不要自认为常识不够吗?

在隐名于"太乙老人"的人的一篇文章(见《每日评论》)里,我们发现了"真天足"两个名词。这尽可以不必加以辩正,因为名与实,究竟是两件事:你尽可以自己题上个好名,再给别人加上个恶名,这种名称适合与否,自有事实在那里说话。

同在这一篇文章里,我们看见了"来,教训你"这一句话。果然,我在这一篇文章里,以及他的同党诸君的文章里,得到了不少的教训。

第一,便是岂明所说的,不捧且不可,何况是骂。所以我们应当注意,现在的青年们,比前清的皇帝还要凶得多。

第二,因为要骂鲁迅,所以连厨川白村也就倒了霉;因为要骂我,所以连《茶花女》一书也就打在"一类的东西"里算账。皇帝时代的株连,"三族"也罢,"九族"也罢,总只限于亲族,此刻却要连累到所译的书,或所译的书的作者。最好我们还是不译书罢,因为我们译了书而带累原作者挨骂,未免罪过。

第三,我说的是"功是不肯用的",这分明与肯用功而景况不能用功者无关。但是,人家偏没有看见"肯"字,偏要说:"俺同情于那般要求知识而得不着知识的青年",偏要说:"有多少青年已经衣不蔽体,饥不得食,这就是你所骂的青年们。"这就是"真天足"的青年们的辩论上的战略!

而况，现在中国的环境，真已恶得绝对不能读书了么？这话我也有些怀疑。我只觉得肯读书的人，环境坏了，只是少读些便了，决不至于完全不读；不肯读书的人，环境坏时固然可以咒骂着环境而说不能读，到环境好时可以赞咏着环境而说不必读，真所谓：

> 春天不是读书天，
> 夏日炎炎正好眠，
> 秋有蚊虫冬有雪，
> 收拾书包好过年。

与其这样扭扭搦搦说出许多理由来，还不如蒋缉安先生大刀阔斧的说声不要读，倒还真有些青年的精神。

第四，现在的博士与大学教授两个名词，大约已经希臭不可当的了。所以，做文章称别人为博士，为教授，也不失为一种武器。所可异者，博士和教授都是大学里生产出来的。他一方面在咒骂博士教授之要不得，一方面又并不说大学之要不得，反在说"北京大学成了个什么模样"。

但是，这有什么要紧呢，说话本来就是自由的！

第五，蒋缉安先生既已说了不要读书，却没有替青年们的一本一本的文艺创作加上一条，但书，似乎是个小小的缺漏。因为，若说这一本一本的不是给人家读的，请问出了有什么用；若说是给人家读的，读的人就首先破了青年们的读书戒，这不是进退两难么？

第六，蒋先生要我证明林肯之有伟大成绩，由于多读书。这当然是做不到的，因为林肯读的书，的确不多。可惜蒋先生不赞成读书，我不敢请他翻书；世间若有赞成读书的"妄人"，只须把《英国百科全书》第十六卷第七〇三页翻一

翻，就可以看见林肯如何在困苦艰难之中要想读书，他那时书本如何缺少，教员如何缺少——他那时的环境，才真可以说是没法读书的环境——而他到底因为要读书的缘故，虽然读得不多，终还读了几天，而且读的很好。但是，"文艺家啊，不是书记官"，这种的事实也尽可以不管。

听见说到林肯的名字，自然应当欢喜赞叹的。美国只有一个林肯，已替全美国人吐气不少。现在我国有了一群群一队队的林肯，加之以一群群一队队的尼采，这是何等值得恭喜的事啊！

第七，我七八年前名字是不是叫"伴"侬，似乎并不像洪荒以前的事一样难考。第一次人家硬派我叫伴侬，我说：这是事实么？不料他第二次还是横一声伴侬，竖一声伴侬，而且说我已经承认了。在这一点小事上，也就可以看得出青年们在论辩上所用的特别方法。若说他头脑不清，当然不是；许是喝了"葡萄酒"有点"微醺"罢。

第八，"《新青年》在中国思想史上曾占据了一个时期"这一句话，《新青年》同人万万当不起。看他把"纸冠"硬戴在人家头上，而随即衬托出自吹自打的文章来，技术何等高妙；可惜究竟不大朴素，不如把"真天足"的青年运动倒填年月，使"假天足"的人消灭于无形，这就分外有声有色了。

够了，"教训"受够了。

我这篇东西发表以后，凭他们再有什么"教训"，我一概敬谨领受。若是他们不用文字而用图画，如已经画过的拉屎在人头上及拉屎在书面上之类，我也一概尊而重之，决不把它看作墙壁上所画的乌龟，或所写的"王三是我儿子"。

附言：

有许多人不满意于我第二篇的《为免除误会起见》，说我被他们一骂而害怕。其实我第二篇文章登出之后他们还在骂。如果我怕，为什么不《再为免除误会起见》《三为免除误会起见》呢？

我的意思，只是恐怕感情话人家听不进，不如平心静气说一说。平心静气说了，人家还是听不进，那我还要说什么？我不但要将第二篇文章取消，便连第一篇也要取消，因为对于这等人无话可说。"不可与言而与之言，失言。"我没有孔老先生"知其不可为而为之"的美德，所以最后只能拿出我的"作揖主义"来了。

十六年一月二十八日，北京

诗与小说精神上之革新

我尝说诗与小说，是文学中两大主干，其形式上应行改革之外，已就鄙见所及，说过一二。此篇专就精神上立论，分述如下。

一、曰诗

朱熹《诗传序》曰，"人生而静，天之性也。感于物而动，性之欲也。夫既有欲矣，则不能无思。既有思矣，则不能无言。既有言矣，则言之所不能尽，而发于咨嗟咏叹之余者，必有自然之音响节奏而不能已焉。此诗之所以作也。"曹文埴《香山诗选序》曰，"自如诗之根于性情，流于感触，而非可以牵强为者。而彼尚戋戋焉比拟于字句声调间也。则曷反之于作诗之初心，其亦有动焉否耶。"

袁枚《随园诗话》有曰，"须知有性情，便有格律。格律不在性情外。三百篇半是劳人思妇，率意言情之事。谁为之格，谁为之律，而今之谈格调者，能出其范围否。"可见作诗本意，只须将思想中最真的一点，用自然音响节奏写将出来便算了事，便算极好。故曹文埴又说"三百篇者，野老征夫游女怨妇之辞皆在焉。其悱恻而缠绵者，皆足以感人心于千载之下。"可怜后来诗人，灵魂中本没有一个"真"字。又不能在自然界及社会现象中，放些本领去探出一个"真"字来。却看得人家做诗，眼红手痒，也想勉强胡诌几句，自附风雅。于是真诗亡而假诗出现于世。

《国风》是中国最真的诗，《变雅》亦可勉强算得——以其能为野老征夫游女怨妇写照，描摹得十分真切也。后来只有陶渊明、白香山二人，可算真正诗家。以老陶能于自然界中见到真处，老白能于社会现象中见到真处。均有绝大本领，决非他人所及。然而三千篇"诗"，被孔丘删剩了三百十一篇。其余二千六百八十九篇中，尽有绝妙的《国风》，这老头儿糊糊涂涂，用了那极不确当的"思无邪"的眼光，将他一概抹杀，简直是中国文学上最大的罪人了。

现在已成假诗世界。其专讲声调格律，拘执着几平几仄方可成句，或引古证今，以为必如何如何始能对得工巧的，这种人我实在没工夫同他说话。其能脱却这窠臼，而专在性情上用功夫的，也大都走错了路头。如明明是贪名受利的荒论，却偏喜做山林村野的诗。明明是自己没甚本领，却偏喜大发牢骚，似乎这世界害了他什么。明明是处于青年有为的地位，却偏喜写些颓唐老境。明明是感情淡薄，却偏喜做出许多极恳挚的"怀旧"或"送别"诗来。

明明是欲障未曾打破，却喜在空阔幽渺之处立论，说上许多可解不解的话儿，弄得诗不像诗，偈不像偈。诸如此类，无非是不真二字，在那儿捣鬼。自有这种虚伪文学，他就不知不觉，与虚伪道德互相推波助澜；造出个不可收拾的虚伪社会来。至于王次回一派人，说些肉麻淫艳的轻薄话，便老着脸儿自称为情诗。郑所南一派人，死抱了那"但教大宋在，即是圣人生"的顽固念头，便摇头摆脑，说是有肝胆有骨气的爱国诗，亦是见理未真之故（余尝谓中国无真正的情诗与爱国诗，语虽武断，却至少说中了一半）。近来易顺鼎、樊增祥等人，拼命使着烂污笔墨，替刘喜奎、梅兰芳、王克琴等做斯文奴隶，尤属丧却人格，半钱不值，而世人竟奉为一代诗宗。又康有为作"开岁忽六十"一诗，长至二百五十韵，自以为前无古人，报纸杂志，传载极广。据我看来，即置字句之不通，押韵之牵强于不问，单就全诗命意而论，亦恍如此老已经死了，儿女们替他发了通哀启。又如乡下大姑娘进了城，回家向大伯小叔摆阔。胡适之先生说，仿古文章，便做到极好，亦不过在古物院中，添上几件"逼真赝鼎"。我说此等没价值诗，尚无进古物院资格，只合抛在垃圾桶里。

朋友！我今所说诗的精神上之革新，实在是复旧；因时代有古今，物质有新旧，这个真字，却是唯一无二，断断不随着时代变化的。约翰生论此甚详，介绍其说如下。

[约翰生博士（Dr. Samuel Johnson），生于一七〇九的，殁于一七八四年。为十八世纪英国文学界中第一人物。性情极僻，行事极奇，我国杂志中，已有译载其本传者，兹不详述。氏所著书，以《英文字典》（《English Dictionary》）、《诗人传》（《The Lives of English Poets》）两各为毕生事业中最大之成就。而《拉塞拉司》（《Rasseias》），《人类愿望之虚幻》（《Vanity of Human Wishes》）、《漫游人》、（《The Rambler》）诸书，亦多为后世珍重。此段即从《拉塞拉司》中译出。书为寓言体，言"亚比西尼亚（Abyssinia）有一王子，曰拉塞拉司，居快乐谷（The Happy Valley）中，谷即人世'极乐地'（Paradice）。四面均属高山，有一秘密之门，可通出入。王子居之久，觉此中初无乐趣，与二从者窃门而逃，欲一探世界

中何等人最快乐。卒至遍历地球，所见所遇，在在均是苦恼。然后兴尽返谷，恍然于谷名之适当云。"氏思想极高，文笔以时代之关系，颇觉深奥难读。本篇所译，力求平顺翔实，要以句句不失原义而止。]

应白克曰，"……我辈无论何往，与人说起做诗，大都以为这是世间最高的学问。而且将他看得甚重，似乎人之所能供献于神的自然界者，便是个诗。然有一事最奇怪，世界不论何国，都说最古的诗，便是最好的诗。推求其故，约有数说。一说为别种学问，必须从研究中渐渐得来。诗却是天然的赠品，上天将他一下子送给了人类，故先得者独胜。又一说谓古时诗家，于榛莽蒙昧之世，忽地做了些灵秀婉妙的诗出来，时人惊喜赞叹，视为神圣不可几及。后来信用遗传，千百年后，仍于人心习惯上，享受当初的荣誉。又一说谓诗以描写自然与情感为范围，而自然与情感，却始终如一，永久不变的。古时诗人，既将自然界中最足动人之事物，及情感界中最有趣味的遭遇，一概描写净尽，半些儿没有留给后人。后人做诗，便只能跟着古人，将同样的事物，重新抄录一通，或将脑筋中同样的印象，翻个花样布置一下，自己却造不出什么。此三说，孰是孰非，且不必管。总而言之，古人做诗，能把自然界据为己有，后人却只有些技术。古人心中，能有充分的魄力与发明力，后人却只有些饰美力与敷陈力了。

"我甚喜作诗，且极望微名得与前此至有光荣之诸兄弟（指诗人）并列。波斯及阿剌伯诸名人诗集，我已悉数读过，又能背诵麦加大回教寺中所藏诗卷。然仔细

想来，徒事摹仿，有何用处。天下岂有从摹仿上着力，而能成其为伟大哲士者。于是我爱好之心，立即逼我移其心力于自然与人生两方面。以自然为吾仆役，恣吾驱使，而以人生为吾参证者，俾是非好坏，得有一定之依据。自后无论何物，倘非亲眼见过，决不妄为描写。无论何人，倘其意向与欲望，尚未为我深悉，我亦决不望我之情感，为彼之哀乐所动。

"我既立意要作一诗家，遂觉世上一切事物，各各为我生出一种新鲜意趣来。我心意所注射的地域，亦于刹那间拓充百倍，自知无论何事，无论何种知识，均万不可轻轻忽过，我尝排列诸名山诸沙漠之印象于眼前，而比较其形状之同异。又于心头作画，凡森林中有一株之树，山谷中有一朵之花，但令曾经见过，即收入幅中，岩石之高顶，宫阙之塔尖，我以等量之心思观察之。小河曲折，细流淙淙，我必循河徐步，以探其趣，夏云倏起，弥布天空，我必静坐仰观，以穷其变。所以然者，深知天下无诗人无用之物也。而且诗人理想，尤须有并蓄兼收的力量。事物美满到极处，或惨怖到极处，在诗人看来，却是习见。大而至于不可方物，小而至于纤眇不能目睹，在诗人亦视为相狎有素，不足为奇，故自园中之花，森林中之野兽，以至地下之矿藏，天上之星象，无不异类同归，互相联结，而存储于诗人不疲不累之心栈中。因此等意思，大有用处能于道德或宗教的真理上，增加力量。小之，亦可于饰美上增进其自然真确之描画。故观察愈多，所知愈富，则做诗时愈能错综变化其情景，使读者睹此精微高妙之讽辞，心悦诚服，于无意中受一绝好之教训。

"因此之故，我于自然界形形色色，无不悉心研习。足迹所至，无一国无一地不以其特有之印象见惠，以益我诗力而偿我行旅之劳。"

拉塞拉司曰，"君游踪极广，见闻极博，想天地间必尚有无数事物，未经实地观察。如我之{局处群山之中，身既不能外出，耳目所接，悉皆陈旧。欲见所未见，观察所未观察而不可得，则如何。"

应白克曰，"诗人之事业，是一般特性的观察，而非各个的观察。但能于事物实质上大体之所备具，与形态上大体之所表见，见着个真相便好。若见了郁金香花，便一株株的数他叶上有几条纹，见了树林，便一座座的量他影子是方是圆，多长多阔，岂非麻烦无谓。即所做的诗，亦只须从大处落墨，将心中所藏自然界无数印象，择其关系最重而情状最足动人者，一一陈列出来。使人人见了，心中恍然于宇宙的真际，原来如此。至于意识中认为次一等的事物，却当付诸删削。然这删削一事，也有做得甚认真，也有做得甚随便，这上面就可见出诗人的本分，究竟谁是留心，谁是贪懒了。

"但是诗人观察自然，还只下了一半功夫，其又一半，即须娴习人生现象。凡种种社会种种人物之乐处苦处，须精密调查，而估计其实量。情感的势力，及其相交相并之结果，须设身处地以观察之。人心的变化，及其受外界种种影响后所呈之异象，与夫因天时及习俗的势力，所生的临时变化，自人人活泼康健的儿童时代起，直至其颓唐衰老之日止，均须循其必经之轨道，穷迹其去来之踪。能如是，其诗人之资格犹未尽备。必须自能剥夺其时代上及国界上牢不可破之偏见，而从抽象的及不变的事理中判一是非。尤须不为一时的法律与舆论所羁累，而超然高举，与至精无上，圆妙无极，万古同一的真理相接触，如此，则心中不特不急急以求名，且以时人的推誉为可厌，只把一生欲得之报酬，委之于将来真理彰明之后。于是所做的诗，对于自然界是个无人联络的译员，对于人类是个灵魂中的立法家。他本人也脱离了时代与地方的关系，独立太空之中，对于后世一切思想与状况，有控御统辖之权。

"虽然，诗人所下苦工，犹未尽也。不可不习各种语言，不可不习各种科学。诗格亦当高尚，俾与思想相配。至措词必如何而后隽妙，音调必如何而后和叶，尤须于实习中求其练熟……"

二、曰小说

"小说为社会教育之利器，有转移世道人心之能力。"

此话已为今日各小说杂志发刊词中必不可少之套语。然问其内容，有能不用"迎合社会心理"的工夫，以遂其"孔方兄速来"之主义者乎。愿小说出版家各凭良心一答我言。

"文情"二字，又今日谈小说者视为构成小说之原质者也。然我尝举一"文"字，问业于一颇负时名之小说家，其答语曰，"作文言小说，近当取法于《聊斋》，远当取法于'史汉'。作白话小说，求其细腻，当取法于《红楼》。求其瘦硬，当取法于《水浒》。然《红楼》又脱胎于《杂事秘辛》诸书，《水浒》又脱胎于《飞燕外传》诸书。则谓小说即是古文，非古文不能称小说可也。"又尝举一"情"字，问业于一喜读小说之出版家，其答语曰，"情节离奇是小说的骨子。必须起初一个闷葫芦，深藏密闭，直到临了才打破，主方为上乘。其次亦当如金圣叹评'大易'，所谓，'手轻脚快，一路短打'方是。若在古文上用功夫，句句是乌龟大翻身，有何趣味。"由前说言，中国原有古文，已觉读之不尽，何必再做。且何不竟做古文而做此刻鹄类鹜画虎类狗之小说为。由后说言，街头巷尾，小书摊上所卖"穷秀才落难中状元，大小姐后园赠衣物"的大丛书，亦尽可消闲破闷，何必浪费笔墨，再出新书。

　　小说家最大的本领有二：第一是根据真理立言，自造一理想世界。如施耐庵一部《水浒》，只说了"做官的逼民为盗"一句话，是当时虽未有"社会主义"的名目，他心中已有了个"社会主义的世界"。托尔斯泰所作社会小说，亦是此旨。其宗教小说，则以"Where's Love, there's God"一语为归宿，是意中不满于原有的宗教，而别有一理想的"新宗教世界"也。此外如提福之《鲁滨生》一书，则以"社会不良，吾人是否能避此社会？"及"吾人脱离社会后，能否独立生活？"两问题，构成一"人有绝对的独立生活力"的新世界。欧文所著各书，则以"风俗浇漓足以造成罪恶"，而虚构一"浑浑噩噩之古式的新世界"。虞哥所撰各书，则破坏"一切制造罪恶的法律"，而虚构一"以天良觉悟代法律的新世界"。王尔德所著各书，能于"爱情真谛"之中，辟一"永远甜蜜"的新世界。左喇所著各书，能以"悲天悯人"之念，辟一"忠厚良善"之新世界。虽各人立说不同，其能发明真理之一部分，以促世人之觉悟则一。第二是各就所见的世

界，为绘一惟妙惟肖之小影。此等工夫，已较前稍逊。然如吾国之曹雪芹、李伯元、吴趼人，英国之狄铿士、萨克雷、吉伯林、史梯文生，法国之龚枯尔兄弟与莫泊三，美国之欧·亨利与马克·吐温，其心思之细密，观察力之周至，直能将此世界此社会表面里面所具大小精粗一切事物，悉数吸至笔端，而造一人类的缩影，此是何等本领。至如惠尔司之撰科学小说，康南道尔之撰侦探小说，维廉勒苟之撰秘密小说，瑟勒勃郎之撰强盗小说，已非小说之正，且亦全无道理，与吾国《花月痕》《野叟曝言》《封神榜》《七侠五义》等书，同一胡闹。然天地间第一笨贼，却出在我国。此人为谁，曰俞仲华之撰《荡寇志》是！

同是一头两手，同是一纸一笔，何以所做小说，好者如彼而恶劣者如此，曰，些是头脑清与不清之故。果能清也，天分高，功夫深，固可望大成；即不高不深，亦可望小成。否则说上一辈子呓话，博得俗伧叫好而已。我今介绍樊戴克之说，即是洗清头脑的一剂灵药。

[樊戴克博士（Henryvan Dyke），为美国当代第一流文豪。曾任Princeton大学英文学主讲。其著作有《Fisherman's Luck》《Little Rivers》《The Blue Flowers》《The Ruling Passion》《Music, and other Poems》《The House of Rimon》，《The Toiling of Felix, and other poems》等。首二种为纪事写生文，次二种为小说，余为诗集，均极有声誉。此节见于《The Ruling Passion》一书之篇首，标题曰《著作家之祈祷》（《a writer's Request of His Master》），盖用教会中祈祷文体，以发表其小说上之观念，正所以自明其视

文学为神圣的学问也。其言甚简,却字字着实,句句见出真学问,实不可多得之短文也。]

愿上帝佑我,永远勿任我贸然以道德问题与小说相牵涉,且永远勿任我叙述一无意义之故事。愿汝督察我,令我敬重我之材料,俾不敢轻视自己之著述。愿汝助我以诚实之心对待文字与人类,因此皆有生命之物也。愿汝示我以至清明之途径,因著书如泅水。少许之澄清,胜于多许之混浊也。愿汝导我观察事物之色相,而不昧我心中潜蓄之灵光。愿汝以理想赐我,俾我得立足于纺机之线,循序织入人类之锦,然后于蒙昧不明之一大疑团中,探得其真际所在。愿汝管束我,勿令我注意书籍,有过于人类,注意技术,有过于人生。愿汝保持我,使我尽其心力,作此一节之功课,至于圆满充足而后止。既毕事,则止我。且给我以酬,如汝之意。更愿汝助我,从我安静之心中,说一感谢汝恩之亚门。

此说专对小说立论,与约翰生之论诗,虽题目各殊,用意实出一轨。可知诗与小说仅于形式上异其趋向,骨底仍是一而二,二而一,即诗与小说而外,一切确有文学的价值之作物,似亦未必不可以此等思想绳之。

结 论

前文云云,我不敢希望于今之"某老某老"之大吟坛,亦不敢希望于报纸中用二号大字刊登"洛阳纸贵""著作等身"之小说大家。即持此以与西洋十先令或一便士的廉价出版品——有时亦可贵至一元三角半或三先令六便士——之著作家说话,亦是对牛弹琴,大杀风景。然则此文究竟做给何等人

看，曰，做给爱看此文者看。

"If this will not suffice ,it must appear

That malice bears down Truth"　——— Shakespeare

"Truth crashed to earth shall rise again :

The eternal years of God are hers . "　——— Bryant

复王敬轩书

敬轩先生：

来信"大放厥辞"，把记者等狠狠的教训了一顿。照先生的口气看来，幸而记者等不与先生见面；万一见了面，先生定要挥起"巨灵之掌"，把记者等一个嘴巴打得不敢开口，两个嘴巴打得牙齿缝里出血，而后快！然而记者等在逐段答复来信之前，应先向先生说声"谢谢"。这因为人类相见，照例要有一句表示敬意的话；而且记者等自从提倡新文学以来，颇以不能听见反抗的言论为憾，现在居然有你老先生"出马"，这也是极应欢迎，极应感谢的。

以下是答复先生的话：

第一段（原信"某在辛丑壬寅之际……各是其是，亦不必置辩。"）

原来先生是个留学日本速成法政的学生，又是个"遁迹黄冠"的遗老，失敬失敬。然而《新青年》杂志社，并非督抚衙门，先生把这项履历背了出来，还是在从前"听鼓省垣""听候差遣"时在"手版"上写惯了，流露于不知不觉呢？——还是要拿出老前辈的官威来，恐吓记者等呢？

先生以为"提倡新学，流弊甚多"。又如此这般的说了一大串，几乎要把"上下五千年，纵横九万里"的一切罪恶，完全归到一个"新"字上。然而我要问问："辛丑壬寅"以前，"扶持大教，昌明圣道"的那套老曲子，已唱了

二千多年,始终没有什么"洋鬼子"——这个名目,是先生听了很欢喜的——的"新法"去打搅他,为什么要弄到"朝政不纲,强邻虎视"呢?

本志排斥孔丘,自有排斥孔丘的理由。先生如有正当的理由,尽可切切实实写封信来,与本志辩驳,本志果然到了理由不能存立的时候,不待先生督责,就可在《新青年》杂志社中,设起香案,供起"至圣先师大成孔子"的牌位来!如先生对于本志所登排斥孔教的议论,尚未完全读过;或读了之后,不能了解;或竟能了解了,却没有正当的理由来辩驳:只用那"孔子之道,如日月经天,江河行地"的空话来搪塞;或用那"岂犹以青年之沦于夷狄为未足,必欲使之违禽兽不远乎"的村妪口吻来骂人:则本志便要把先生所说的"狂吠之谈,固无伤于日月"两句话,回敬先生了。

本志记者,并非西教信徒;其所以"对于西教,不加排斥"者,因西教之在中国,不若孔教之流毒无穷;在比较上,尚可暂从缓议。至于根本上,陈独秀先生,早说了"以科学解决宇宙之谜"的一句话,蔡孑民先生,又发表过了"以美术代宗教"的一篇文章,难道先生竟没有看见么?若要本志记者,听了先生的话,替孔教徒做那"攻乎异端"的事业——哼哼!——恐怕你这位"道人",也在韩愈所说的"火其书,庐其居"之列罢!

第二段(原文"唯贵报又大倡文学革命之论……甚矣其惑也。")

浓圈密点,本科场恶习,以曾国藩之顽固,尚且知之;而先生竟认为"形式美观",且在来信之上,大圈特圈,大点特点;——想先生意中,以为"我这一篇经天纬地妙文,定能使《新青年》诸记者,拜服得五体投地";又想先生提笔大圈大点之时,必定摇头摆脑,自以为这一句是"一唱三叹",那一句是"弦外之音",这一句"平平仄仄平平",对那一句"仄仄平平仄仄"对得极工;初不知记者等虽然主张新文学,旧派的好文章,却也读过不少;像先生这篇文章,恐怕即使起有清三百年来之主考文宗于地下,也未必能给你这么许多圈点罢!

　　闲话少说。句读之学,中国向来就有的;本志采用西式句读符号,是因为中国原有的符号不敷用,乐得把人家已造成的借来用。先生不知"钩挑"有辨别句读的功用,却说他是代替圈点的;又说引号(" ")是表示"句中重要之处",不尽号(……)是把"密点"移在"一句之后"。知识如此鄙陋,记者唯有敬请先生去读了三年外国书,再来同记者说话;如先生以为读外国书是"工于媚外,唯强是从",不愿下这工夫;那么,先生!便到了你"墓木拱挨"的时候,还是个不明白!

　　第三段(原文"贵报对于中国文豪。……无乃不可乎。")

　　先生所说的"神圣施曹而土芥归方……目桐城为谬种,选学为妖孽",本志早将理由披露,不必重辩。至于樊易二人,笔墨究竟是否"烂污",且请先生看着——

　　"……你为我喝彩时,震得人耳聋,你为我站班时,羞得人脸红。不枉你风月情浓,到今朝枕衾才共;卸下了《珍珠衫》,做一场《蝴蝶梦》;……这《小上坟》的祭品须丰,那《大劈棺》的斧头休纵。今日个唱一出《游宫射雕》,明日里还接演《游龙戏凤》。你不妨《三谒碧游宫》,我还要《双戏桃山洞》，我便是《缝褡膊》的小娘，你便是《卖胭脂》的朝奉。……"——见樊增祥所著《琴楼梦》小说。

"……一字之评不愧'鲜'，生香活色女中仙。牡丹嫩蕊开春暮，螺碧新茶摘雨前。……玉兰片亦称珍味，不及灵芝分外鲜。……佳人上吊本非真，惹得人人思上吊！……试听喝彩万声中，中有几声呼'要命'！两年喝彩声惯听，'要命'初听第一声。'不啻若自其口出'，'忽独与余分目成！'我来喝彩殊他法，但道'丁灵芝可杀！'丧尽良心害世人，占来琐骨欺菩萨。……"——见易顺鼎《咏鲜灵芝》诗。

敬轩先生！你看这等著作怎么样？你是"扶持名教"的，却"摇身一变"，替这两个淫棍辩护起来，究竟是什么道理呢？

林琴南"而方姚卒不之踣"一句的不通，已由胡适之先生论证得很明白；先生果然要替林先生翻案，应当引出古人成句，将他证明才是。若无法证明，只把"不成音节""文气近懈"的话头来敷衍，是先生意中，以为文句尽可不通，音节文气，却不得不讲。请问天下有这道理没有？胡先生"历引古人之文"，正是为一般顽固党说法，以为非用此"以子之矛，攻子之盾"的办法，不能折服一般老朽之心；若对略解文法之人——只须高小学生程度——说话，本不必"自贬身价"，"乞灵孔经"。不料先生连这点儿用意都不明白，胡先生唯有自叹不能做那能使"顽石点头"的生公，竟做了个"对牛弹琴"的笨伯了！

《马氏文通》一书，究竟有无价值，天下自有公论，不必多辩；唯先生引了"文成法立""文无定法"两句话，证明文法之不必讲求，实在是大错大错！因为我们所说的文法，是在通与不通上着想的"句法";古人所说的文法,是在文辞结构上着想的"章法"。"章法"之不应死守前人窠臼,半农《我之文学改良观》一文,"破除迷信"项下,已说得很明白。这章法句法,面目之不同,有如先生之与记者,先生竟把他并作一谈,足见昏聩!

第四段(原文"林先生为当代文豪……恐亦非西洋所有也。")

林先生所译的小说,若以看"闲书"的眼光去看他,亦尚在不必攻击之列;因为他所译的"哈氏丛书"之类,比到《眉语》《莺花》杂志,总还"差胜一筹",我们何必苦苦的"凿他背皮"。若要用文学的眼光去评论他,那就要说句老实话;便是林先生的著作,由"无虑百种"进而为"无虑千种",还是半点儿文学的意味也没有!何以呢?因为他所译的书:——第一是原稿选择得不精,往往把外国极没有价值的著作,也译了出来;真正的好著作,却未尝——或者是没有程度——过问;先生所说的,"弃周鼎而宝康瓠",正是林先生译书的绝妙评语。第二是谬误太多:把译本和原本对照,删的删,改的改,"精神全失,面目皆非"——这两句,先生看了,必说"做还做得不错,可惜太荒谬"——这大约是和林先生对译的几位朋友,外国文本不高明,把译不出的地方,或一时懒得查字典,便含糊了过去。(其中有一位,自言能口译狄更士小说者,中国只有他一人,这大约是害了神经病中的"夸大狂"了!)林先生遇到文笔蹇涩,不能达出原文精奥之处,也信笔删改,闹得笑话百出。以上两层,因为先生不懂西文,即使把译本原本写了出来对照比较,恐怕先生还是不懂,只得"一笔表过不提";待将来记者等有了空,另外做出一篇《林译小说正误记》来，"以为知者道"，那时先生如已翻然变计，学习了些外国文，重新取来研究研究，"方知余言之不谬"。第三层是林先生之所以能成其为"当代文豪"，先生之所以崇拜林先生，都因为他"能以唐代小说之神韵，译外洋小说"。不知这件事，实在是林先生最大的病根。林先生译书虽多，记者等始终只承认他为"闲书"，而不承认他为有文学意味者，也便是为了这件事。当知译书与著书不同，著书以本身为主体，译书应以原本为主体；所以译书的文笔，只能把本国文字去凑就外国文，决不能把外国文字的意义神韵硬改了来凑就本国文。即如我国古代译学史上最有名的两部著作，一部是后秦鸠摩罗什大师的《金刚经》，一部是唐玄奘大师的《心经》：这两人，本身生在古代，若要在译文中用些晋唐文笔，眼前风光，俯拾即是，岂不比林先生仿造二千年以前的古董，容易得许多，然而他们只是实事求是，用极曲折极缜密的笔墨，把原文精义达出，即没有自己增损原义一字，也始终没有把冬烘先生的臭调子打到《经》里去。所以直到现在，凡是读这两部《经》的，心目中总觉这种文章是西域来的文章，决不是"先生不知何许人也"的晋文，也决不是"龙嘘气成云"的唐文。此种输入外国文学使中国文学界中别辟一个新境界的能力，岂一般"没世穷年，不免为陋儒"的人所能梦见！然而鸠摩罗什大师，还虚心得很，说译书像"嚼饭哺人"，转了一转手，便要失去真义；所以他译了一世的经，没有自称为"文豪"，也没有自称为"译经大家"，更没有在他所译的三百多卷《经论》上面，加上一个什么《鸠译丛经》的总名目！若《吟边燕语》本来是部英国的戏考，林先生于"诗""戏"两项，尚未辨明，其知识实比"不辨菽麦"高不了许多,而先生竟称之曰"所定书名……斟酌尽善尽美"。先生如此拥戴林先生,北京的一班"捧角家",泂视先生有愧色矣!《香钩情眼》,原书未为记者所见,所以不知道原名是什么;然就情理上推测起来,这"香钩情眼",本来是刀刘氏的伎俩;外国小说虽然也有淫荡的,恐怕还未必把这等肉麻字样来做书名。果然如此,则刀刘氏在天之灵,免不了轻展秋波,微微笑曰,"吾道其西!"况且外国女人并不缠脚,"钩"于何有;而"钩"之香与不香,尤非林先生所能知道;难道林先生之于书中人,竟实行了沈佩贞大闹醒春居时候的故事么?又先生"有句皆香"四字,似有语病;因为上面说的是书名,并没有"句"。先生要做文章,还要请在此等处注意一点。

先生所说,"陀思之小说",不知是否指敝志所登"陀思妥夫斯奇之小说"而言?如其然也,先生又闹了笑话了。因为陀思妥夫斯奇,是此人的姓,在俄文只有一个字,并不是他尊姓是陀,雅篆是思;也不是复姓陀思,大名妥夫,表字斯奇。照译名的通例,应该把这"陀思妥夫斯奇"的姓完全写出,或简作"陀氏",也还勉强可以;像先生这种横截法,便是林琴南先生,也未必赞成。记得从前有一部小说,说有位抚台,因为要办古巴国的交涉,命某幕友翻查约章;可笑这位"老夫子",脑筋简单,记不清"古巴"二字,却照英吉利简称曰英,法兰西简称曰法的办法,单记了一个古字,翻遍了衙里所有的通商书、约章书,竟翻不出一个古国来。先生与这位老夫子,可称无独有偶!然而这是无关弘旨的,不过因为记者写到此处,手已写酸,乐得"吹毛求疵",与先生开开玩笑;然在先生,却也未始无益,这一回得了这一点知识,将来便不至于再闹第二次笑话了。（又日本之梅谦次郎，是姓梅，名谦次郎。令业师"梅谦博士"，想或另是一人，否则此四字之称谓，亦似稍欠斟酌）。先生这一段话，可分作两层解释：如先生以为陀氏的原文不好，则陀氏为近代之世界的文豪；以全世界所公认的文豪，而犹不免为先生所诟病，记者对于先生，尚有何话可说？——如先生以为周作人先生的译笔不好，则周先生既未自称其译笔之"必好"，本志同人，亦断断不敢如先生之捧林先生，把他说得如何如何好法，然使先生以不作林先生"渊懿之古文"，为周先生病，则记者等无论如何不敢领教。周先生的文章，大约先生只看过这一篇。如先生的国文程度——此"程度"二字是指先生所说的"渊懿""雅健"说，并非新文学中之所谓程度——只能以林先生的文章为文学止境，不能再看林先生以上的文章，那就不用说；万一先生在旧文学上所用的功夫较深，竟能看得比林先生分外高古的著作，那就要请先生费些功夫，把周先生十年前抱复古主义时代所译的《域外小说集》看看。看了之后，亦许先生脑筋之中，意能放出一线灵光，自言自语道，"哦！原来如此。这位周先生，古文工夫本来是很深的；现在改做那一路新派文章，究竟为着什么呢？难道是全无意识的么？"

承先生不弃，拟将胡适之先生《朋友》一诗，代为删改；果然改得好，胡先生一定投过门生帖子来。无如"双蝶""凌霄"，恐怕有些接不上；便算接得上了，把那首神气极活泼的原诗，改成了"双蝶凌霄，底事……"的"乌龟大翻身"模样，也未必是"青出于兰"罢！又胡先生之《他》，均以"他"字上一字押韵；沈伊默先生之《月夜》，均以"着"字上一字押韵；先生误以为以"他""着"押韵，不知是粗心浮气，没有看出来呢？还是从前没有见识过这种诗体呢？——"二者必居其一"，还请先生自己回答。至于半农的《相隔一层纸》，以"老爷"二字入诗，先生骂为"异想天开，取旧文学中绝无者而强以凑入"，不知中国古代韵文，如《三百篇》，如《离骚》，如汉魏古诗，如宋元词曲，所用方言白话，触目皆是；先生既然研究旧文学，难道平时读书，竟没有留意及此么？

且就"老爷"二字本身而论，元史上有过"我董老爷也"一句话；宋徐梦莘所做的《三朝北盟会编》，也有"鱼磨山寨军乱，杀其统领官马老爷"两句话。——这一部正史，一部在历史上极有价值的私家著作，尚把"老爷"二字用入，半农岂有不能用入诗中之理，半农要说句俏皮话：先生说半农是"前无古人"，半农要说先生是"前不见古人"。所谓"不见古人"者，未见古人之书也！

第五段（原文"贵报之文。什九皆嵌入西洋字句……亦觉内疚神明否耶。"）

文字是一种表示思想学术的符号，是世界的公器，并没有国籍，也决不能彼此互分界限——这话太高了，恐怕先生更不明白，所以作文的时候，但求行文之便与不便，适当之与不适当，不能限定只用哪一种文字。如文章的本体是汉文，讲到法国的东西，有非用法文不能解说明白，便尽可把法文嵌进去；其余英文俄文日文之类，亦是如此。

哼！这一节，要用严厉面目教训你了！你也配说"研究《小学》"，"颜之厚矣"，不怕记者等笑歪嘴巴么？中国文字，在制作上自有可以研究之处。然"人"字篆文作"R"，是个象形字，《说文》说他是"像臂胫之形"，极为明白；

先生把它改作会意字，又扭扭捏捏说出许多可笑的理由，把这一个"人"，说成了个两性兼具的"雌雄人"，这种以楷书解说形体的方法，真可谓五千年来文字学中的大发明了。

"暑"字篆文作"𣊡"，是个形声字，《说文》说他"从日，者声。"——凡从"者"声的字，古音都在"模"韵，就是罗马字母中"U"的一个母音；如"渚""楮""煮""猪"四字，是从"水""木""火""豕"四个偏旁上取的形与义，从"者"字上取的声。即"者"字本身，古音也是读作"Tu"字的音；因为"者"字的篆文作"𦥑"，所以先生硬把"暑"字的形声字改作会意字，在楷书上是可以说得过去；若依照篆文，把他分为"日""旅""自"三字，先生便再去拜了一万个"拆字先生"做老师，还是不行不行又不行。

文字这样东西，以适于实用为唯一要义，并不是专讲美观的陈设品。我们中国的文字，语尾不能变化，调转又不灵便，要把这种极简单的文字，应付今后的科学世界之种种实用，已觉左支右绌，万分为难，推求其故，总是单音字的制作不好。先生既不知今后的世界是怎么样一个世界，哪里再配把"今后世界中应用何种文字？"一个问题来同你讨论。

至于赋、颂、箴、铭、楹联、挽联之类，在先生则视为"中国国粹之美者"，在记者等却看得半钱不值。因为这些东西，都在字面上用工夫，骨子里半点好处没有；若把他用来敷陈独夫民贼的功德，或把胁肩谄笑的功夫，用到死人的枯骨上去，"是乃荡妇所为"，本志早已结结实实的骂过几次了。西文中并无楹联，先生说他"未能逮我"，想来已经研究过，比较过。这种全世界博物院里搜罗不到的奇物，还请先生不吝赐教，录示一二，使记者等可以广广眼界，增些见识！

先生摇头叹曰,"嗟夫!论文学而以小说为正宗。……"是先生对于小说,已抱了"一网打尽"的观念,一般反对小说的狗头道学家,"固应感激"先生"矣";"特未识"先生对于大捧特捧的林先生,"扪心自问,亦觉内疚神明否耶?"

第六段(原文"今请正告诸子……恐是夫子自道耳。")

敝志反对"桐城谬种""选学妖孽",已将他们的弊病,逐次披露,先生还要无理取闹,刺刺不休,似乎不必仔细申辩。今且把这两种人所闹的笑话,说几种给先生听听:——《文选》上有四句话,说"胡广累世农夫,伯始致位卿相,黄宪牛医之子,叔度名动京师",这可谓不通已及。又《颜氏家训》上说,"……陈思王《武帝诔》,'遂深永蜇之思';潘岳《悼亡赋》,'乃怆手泽之遗',是方父于虫,匹妇于考也。"又说,"《诗》云,'孔怀兄弟':孔,甚也,怀,思也;言甚可思也。陆机《与长沙顾母书》,述从祖弟士璜死,乃言'痛心拔脑,有如孔怀'。心既痛矣,即为甚思,何故言'有如'也?观其此意,当谓亲兄弟为'孔怀'。《诗》云,'父母孔迩',而呼二亲为'孔迩',于义通乎?"此等处,均是滥用典故,滥打调子的好结果。到了后世,笑话愈闹愈多:如——《谈苑》上说:"省试……《贵老为其近于亲赋》云,'睹兹黄鲭之状,类我严君之容;试官大噱'。"又《贵耳集》上说"余干有王德者,僭窃九十日为王;有一士人被执,作诏云,'两条胫脡,马赶不前;一部髭髯,蛇钻不入。身坐银铰之椅,手执铜锤之錂。翡翠帘前,好似汉高之祖,鸳鸯殿上,有如秦始之皇。'"又相传有两句骈文道,"我生有也晚之悲,当局有者迷之叹。"又当代名士张柏桢——此公即是自以为与康南海、徐东海并称"三海不出,如苍生何!"的"张沧海先生"——文集里有一篇文章是送给一位朋友的祖父母的《重圆花烛序》,有两联道,"马齿长而童心犹在,徐娘老而风韵依然!"敬轩先生,你既爱骈文,请速即打起调子,吊高喉咙,把这几段妙文拜读几千百遍,如有不明白之处,尽可到《佩文韵府》上去查查。至于王渔洋的《秋柳诗》,但就文笔上说,毛病也不止胡先生所举的一端——因为他的诗,正如约翰生博士所说"只有些饰美力与敷陈力,"(见本志三卷五号《诗与小说精神上之革新》文中),气魄既不厚,意境也不高,宛然像个涂脂抹粉、搔首弄姿的荡妇,决不能"登大雅之堂"——若说他别有用意,更不成话。我们做文人的,既要拿了笔做文章,就该有三分胆量;无论何事,敢说便说,不敢说便罢!要是心中存了个要如何如何说法的念头,笔头上是半吞半吐,请问文人的价值何在?——不同那既要偷汉,又要请圣旨、竖牌坊的烂污寡妇一样么?

散体之文,如先生刻意求古,竟要摹似《周诰殷盘》;则虽非"孺子可教",也还值得一辩。今先生所崇拜的至于桐城而止,所主张的至于"多作波澜,不用平笔"二语而止;记者又何必费了许多气力与你驳,只须请章实斋先生来教训教训你。他《文史通义·古文十弊》一篇里说:"……夫古人之书,今不尽传。其文见于史传评选之家,多从史传采录;而史传之例,往往删节原文,以就隐括:故于文体所具,不尽全也。评选之家,不察其故,误为原文如是,又从而为之辞焉。于引端不具,而截中径起者,诩为发轫之离奇;于刊削余文,而遽入正传者,诧为篇终之的崭峭。于是好奇而寡识者，转相叹赏，刻意追摹，殆如左氏所云，'非子之求，而蒲之觅'矣！有明中叶以来，一种不情不理，自命为古文者，起不知所自来，收不知所自往，专以此等出人思议，夸为奇特，于是坦荡之途生荆棘矣。……"

先生！这段议论，你如果不肯领教，我便介绍一部妙书给你看看。那书唤作《别下斋丛书》，我记得他中间某书——书名已忘了——里有一封信，开场是——"某白：复何言哉！当今之世，知文者莫如足下，能文者莫如我。复何言哉！……"这等妙文，想来是最合先生胃口的，先生快去买他一部，朝夕讽诵罢！

第七段（原文"某意今之真能倡新文学者。……望平心思之。"）

译名一事，正是现在一般学者再三讨论而不能解决的难问题。记者等对于此事，将来另有论文——或谈话——发表；现在暂时不与先生为理论上之研究，单就先生所举的例，略略说一说。

西洋的Logic，与中国的"名学"与印度的"因明学"：这三种学问，性质虽然相似，而范围的大小，与其精神特点，各有不同之处。所以印度既不能把Logic攫为己有，说他是原有的"因明学"；中国人亦决不能把他硬当作"名学"。严先生译"名学"二字，已犯了"削趾适屦"的毛病，先生又把"名教，名分，名节"一箍脑儿拉了进去，岂非西洋所有一种纯粹学问，一到中国，便变了本《万宝全书》，变了个大垃圾桶么？要之，古学是古学，今学是今学，我们把他分别研究，各不相及，是可以的；分别研究之后，互相参证，互相发明，也是可以的。若并不仔细研究，只看了些皮毛，便把他附会拉拢，那便叫做"混账"！

严先生译"中性"为"罔两"，是以"罔"字作"无"字解，"两"字指"阴阳两性"，意义甚显；先生说他"假异兽之名，以明无二之义"，是一切"中性的名词"，都变做了畜生了！先生如此附会，严先生知道了，定要从鸦片铺上一跃而起，大骂"该死"！（且"罔两"有三义：第一义是《庄子》上的"罔两问景"，言"影外微阴"也；第二义是《楚辞》上的"神罔两而无主"，言"神无依据"也；第三义是《鲁语》上的"木石之怪，曰夔，罔两"，与"魍魉"同。若先生当真要附会，似乎第二义最近一点，不知先生以为如何？）"Utopia"译为"乌托邦"，完全是译音，若照先生所说，作为"乌有寄托"解，是变作"无寄托"了。以"逻辑"译"Logic"也完全是取的音，因为"逻"字决不能赅括演绎法，"辑"字也决不能赅括归纳法；而且既要译义，决不能把这两个连接不上的字放在一起。又"Bank"译为"板克"，也是取音；先生以"大板谓之业"来解释这"板"字，是无论哪一种商店都可称"板克"，不必专指"银行"。若有一位棺材店的老板，说"小号的圆心血'板'，也可以在'营业上操胜算'，小号要改称'板克'"，先生也赞成么？又严先生的"板克"，似乎写作"版克"的，先生想必分外满意，因"版"是"手版"，用"手版"在"营业上操胜算"，不又是先生心中最喜欢的么？

先生对于此等问题，似乎可以"免开尊口"，庶不致"贻讥通人"。现在说了"此等笑话"，"自暴其俭学"，未免太不上算！

第八段（原文"鄙人非反对新文学者。……"）

先生说"能笃于旧学者,始能兼采新知",记者则以为处于现在的时代,非富于新知,具有远大眼光者,断断没有研究旧学的资格。否则弄得好些,也不过造就出几个"抱残守缺"的学究来,犹如乡下老妈子,死抱着一件红大布的嫁时棉袄,说它是世界间最美的衣服,却没有见过绫罗锦绣的面,请问这等陋物,有何用处?(然而已比先生高明万倍!)弄得不好,便造就出许多"胡说乱道""七支八搭"的"混蛋"!把种种学问,闹得非驴非马,全无进境。(先生即此等人之标本也!)此等人,钱玄同先生平时称他为"古今中外党",半农称他为"学愿"。将来尚拟做他一篇论文,大大的抨击一下,现在且不多说。

原信"自海禁大开"以下一段,文调甚好,若用在乡试场中,大可中得"副榜"!记者对于此段,唯有于浩叹之后,付之一笑!因为现在正有一班人,与先生大表同情,以为外国在科学上所得到的种种发明,种种结果,无论有怎样的真凭实据,都是靠不住的——所以外国人说人吃了有毒霉菌要害病,他们偏说蚶子虾米还吃不死人,何况微菌;外国人说鼠疫要严密防御,医治极难,他们偏说这不打紧,用黄泥泡汤,一吃就好!甚至为了学习打拳,竟有那种荒谬学堂,设了托塔李天王的神位,命学生拜跪;为了讲求卫生,竟有那种谬人,打破了运动强身的精理,把道家"采补"书中所用的"丹田""泥丸宫"种种屁话,著书行世,到处演说。照此看来,恐怕再过几年,定有聘请拳匪中"大师兄""二师兄"做体育教习的学堂;定有主张订叶德辉所刊《双梅景闇丛书》为卫生教科书的时髦教育家!哈哈!中国人在阎王簿上,早就注定了千磨万劫的野蛮命;外国的科学家,还居然同他以人类之礼相见，还居然遵守着"科学是世界公器"的一二句话，时时刻刻把新知道和研究的心得交付给他，这正如康有为所说"享爱居以钟鼓，被猿猱以冠裳"了！

　　来信已逐句答毕，还有几句骂人话——如"见披发于伊川，知百年之将戎"等——均不必置辩。但有一语，忠告先生：先生既不喜新，似乎在旧学上，功夫还缺乏一点；倘能用上十年功，到《新青年》出到第二十四卷的时候，再写书信来与记者谈谈，记者一定"刮目相看！"否则记者等就要把"不学无术，顽固胡闹"八个字送给先生"生为考语，死作墓铭！"（这两句，是南社里的出品，因为先生喜欢对句，所以特向专门制造这等对句的名厂里，借来奉敬，想亦先生之所乐闻也！）又先生填了"戊午夏历新正二日"的日期，似乎不如竟写"宣统十年"，还爽快些！末了那个"躬"字，孔融、曹丕及韩愈、柳宗元等人的书札里，似乎未曾用过，不知当作何解？先生"居恒研究小学"，知"古人造字之妙"，还请有以语我来！余不白。

记者半农，一九一八年二月十九日

随感录·七

近来甚病,《新青年》四卷四号将出版,几乎不能撰稿以应。一日,体热极高,头昏脑痛之际,恍惚有这一种人物,活现于我眼前:——

这等人,虽然不在政界;而其结合团体,互相标榜,互相呼应,互相指使之能力,对于所在之一界,实不啻政界中"全盛时代之督军"!其中心点则在上海,羽党散布于四处。

这等人,恒以"融会中西,斟酌新旧"八字为其营业之商标!然其旧学问,固未尝能做得一篇通顺之文字;其新学问,亦什九未能读毕日本速成师范之讲义。以此之故,彼辈虽日日昌言保存国粹,灌输新知;而其结果,则凡受彼辈熏陶者,文字必日趋于不通,知识必日趋于浮浅。问其故,则曰,"高深之旧学,与玄妙之新知,均非普通人所能领受;我但致力于'普及'而已。"呜呼!何颜之厚!诸公纵善于文过,岂能以一手掩尽天下目,以为中国四万万人中,竟无一人能在诸公之大著作中,于文字上指斥其不通,于材料上指斥其陈腐敷衍耶?

这等人,亦有时自知其陋;故每与两种"洋货"——一种是不学无术,而喜出风头之"洋翰林",一种是在华经营滑头的名誉事业之"Moneymaker"——相遇,必力与周旋,以资借重;而两种洋货,亦有借助于此等人处。物以类聚,声势益大;其结果遂益形其非驴非马,不成事体。盖第一种洋货，固未能在外洋学得什么；第二种洋货，又悉为外洋学术界思想界所吐弃不屑称道之人物！

这等人，时时在营业上变更节目。这一月是提倡什么，那一月又提倡什么；（都是本其一知半解的眼光，向日本书上剽窃了些皮毛。）开会讨论咧，杂志报纸的鼓吹咧，招了人传习咧，报部通饬全国试办咧，朝三暮四，闹得天花乱坠。其实他们本身既没有明白，所提倡的东西，究竟有何真义；更没有顾到提倡以后，有无成效；不过胡哄一下；热热场面，像上海新世界出卖"活怪"一般！

这等人，倘见中国原有的东西，为外国人所赏识；他们便大大的提倡，当作国粹。（其为国粹与否，应当自己辨别，决不能取决于外人。）即如自发为能讲老庄哲学的某君；看见日本有人讲究中国"丹田""泥丸官"之说，他便极意提倡，闹得一班信徒，也有伤风咳嗽的，也有大便带血的，也有打噎放屁的；而某君却已得了个"卫生哲学家"的头衔，竟有人称他"吕仙"了！记得吴稚晖先生的《胐庵客座谈话》里，说有一个瑞典人，因为迷信中国老庄之学，竟要吸起鸦片来，以实行其自然主义；假使"吕仙"知道了这件事，也许要著一部书，提倡吸鸦片烟哩！

此外还有许多东西，本应写出；只因头痛已极，不能再写，姑且把他结束起来！总而言之，这等人自己头脑不清，全无知识；所以要借着"普及"二字，一壁是自掩其丑，一壁是拒绝有知识的人，使"优胜劣败"的公例，不能适用于中国。这是小人的惯伎，不足深责。

所可怪者；这等人既然借着"普及"二字来愚人：——我并不是说世间"普及"二字可以消灭，但以为这等人拿

"普及"二字来限制高等学术思想的进步,那便是荒谬绝伦——人家亦甘受其愚,把"庸人"看作"伟人",而自居于"小庸人"之列,弄得十几年来,各种思想学术,都是半死不活,全无进步。难道中国人的脑筋,竟全被Devil迷昏了不成?

今日之中国,不必洪宪临朝;宣统复辟,已有岌岌可危之势;然以救国的根本事业,交托在这等人手里,恐怕未必靠的住罢!

我病中的感想是如此。诸位看了,请平心想想,究竟有些道理没有,说中了一两句没有!

答《对于〈新青年〉之意见种种》

Y·Z·君：

敝志是绝对主张白话文学的；现在虽然未能全用白话文，却是为事实所限，一时难于办到；并不是胆小，更不是不专诚。

先有王敬轩后有崇拜王敬轩者及戴主一一流人，正是中国的"脸谱"上注定的常事，何尝有什么奇怪？我们把他驳，把他骂，正是一般人心目中视为最奇怪的"捣乱分子"！至于钱玄同先生，诚然是文学革命军里一个冲锋健将。但是本志各记者，对于文学革新的事业，都抱定了"各就所能，各尽厥职"的宗旨；所以从这一面看去，是《新青年》中少不了一个钱玄同；从那一面看去，却不必要《新青年》的记者，人人都变了钱玄同。

Tagore的著作，从前已由独秀先生译过一首《赞歌》登在第一卷里；本号和前一号，半农也从《The Crescent Moon》里专译了几首。但求《新青年》能够长寿，将来第六七八九卷的第六号，总有一本是"Tagore号"。因为外国文豪很多，不比我们中国只有一位林大文豪，又因为要介绍外国文豪，总得把他的著作，和别人对于他评论，仔细研究过了，方可动手，决不是随便拿过一本书来，请阿猫阿狗信口说了一遍，便可用起韩柳的——或者是《聊斋》的——笔法，一天挥上"四千字"的。所以本志拟定的办法，是每卷介绍一人。

本志的通信栏，本来是"商榷"性质，并不专是"雄辩"。来信所说新闻一栏，似乎可以不必：因为通信栏，固然可以交换意见；便是具体的论文，也可以"读者论坛"中发表。

　　女子问题，本志非常注意；只因外间来稿其少，记者等把自己的主张发表了，也没有人来讨论，所以不知不觉，竟像把这个问题冷搁起来了。我们中国人，大概可分作两种：一种是顽固，无论世间有什么新事新理，他们决不肯平心研究，只是一笔抹煞，斥之为"叛逆"，为"数典忘祖"；一种是糊涂，无论世界上的潮流激荡到怎么样，他们只是醉生梦死，什么事都不闻不问。第一种人，可称之为"准狗"；因为狗是喜欢吃矢的，你要叫他不吃矢，他定要咬你。第二种人，可称之为"准猪"；因为猪是一辈子昏天黑地，预备给人家杀的。唯其如此，所以可爱可敬的中国人，快要进化到原人时代去了！

　　来诗六首，做的译的，都是很好，《小河呀》一首，尤觉有趣可爱。其文字上有应行斟酌之处，已与同人商量，代为修改一二，不知有当尊意否？

记者半农